© L'Harmattan, 2011
5-7, rue de l'Ecole polytechnique, 75005 Paris

http://www.librairieharmattan.com
diffusion.harmattan@wanadoo.fr
harmattan1@wanadoo.fr
ISBN : 978-2-296-55294-4
EAN : 9782296552944

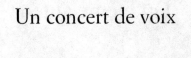

Un concert de voix

Du même auteur

Poésie

Le Jour Ouvrant, Editions de la Nouvelle Pléiade, 1961

Croquis Maghrebins, Editions de la Nouvelle Pléiade, 1962

Reflets, Disque Citta-Discop 33t., 1963

Le Bonheur Possible, Editions de la Section Culturelle de Tunis, 1972

Entre Mer et Bou Kornine, Maison Tunisienne de l'Edition, 1980

Les Vents et les Rides, Editions de l'Amitié Poétique, 1981

L'Espoir sur l'Epaule, Editions de la Croix de Pierre, 1985

Bohême, Editions Barrré et Dayez, 1989

Les Bonnes Herbes, Editions de la Nouvelle Pléiade, 1992

Pierres d'attente, GAM Edition, 1997

Petite Suite Indéfinie, Editions L'Amitié Par le Livre, 2000

A la Soirante, Editions L'Eden du Ménestrel, 2009

Prose

Un Drôle de Chevalier, Editions L'Amitié Par le Livre, 1997

Un Fuyard ordinaire, Editions L'Harmattan, 2006

Vie et Oeuvre de Georges Riguet, Nouvelles Editions du Creusot, 2006

Maurice Riguet

Un concert de voix

Nouvelles

L'Harmattan

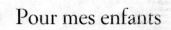

Pour mes enfants

UNE VISITE DE COURTOISIE

Il avançait avec peine dans le sous-bois. Le soir avait commencé d'obombrer les fourrés et la gesticulation des frondaisons avait une fixité de menace. Les grandes branches des gaulis l'agrippaient, l'arrêtaient. Il avait déjà changé de direction, en essayant vainement de retrouver le sentier des maisons mais, chaque fois, il s'était trouvé devant des ronciers sombres et un plexus d'incertitudes : S'était-il vraiment trompé ? Pourquoi se trouvait-il ici ? Qu'attendait-il de cette course ?

Malgré l'heure crépusculaire, l'étoile du berger n'était pas visible et le ciel fiévreux était parcouru de fulgurations silencieuses. La pluie se mit à tomber doucement sur les feuilles et l'on aurait dit le murmure d'une foule innombrable. Une sourde envie d'appeler commençait à gagner le voyageur lorsque lui parvint l'écho d'une gaieté d'enfant. Oui, c'était cela, un rire d'enfant et il se remit en marche, guidé comme par une clochette par le jeu des trilles joyeuses qui le menèrent à la lisière.

Là, tout ensemble, il reconnut le mur du cimetière et le chemin du hameau avec, à main gauche, la grosse propriété dont la cour était noire. Le propriétaire l'habitait, paraît-il, avec son frère jumeau en recevant seulement, à l'occasion, quelques ouvriers. En passant devant la grille fermée, Thomas se souvint avoir rencontré les deux frères à la robuste quarantaine pareillement indistinguible. Quels étaient leurs revenus ? Comment s'accommodaient-ils tous les deux de leur incompréhensible célibat ? A la campagne, tout se sait, dit-on ; mais comment peut-on savoir tout ce qui se passe ?

Pendant qu'il approchait des habitations voisines la pluie avait cessé mais le rire, échappé d'une fenêtre élevée, continuait à s'égrener par grappes intermittentes. Une voix d'homme tombait aussi de l'ouverture, une voix rauque, superbe comme celle d'un acteur de théâtre et qui charriait des propos terre à terre : "Laisse ce chat tranquille !" "Non, non, l'orage n'est pas sur nous" ou bien encore "La soupe est chaude !" Tout cela avec l'élocution profonde et lente d'un barbon d'opéra. Si bien que les grumes du rire semblaient venir d'un vieux cep enraciné, par là-haut, dans les murs...

La route montait, longeant des pignons au pisé fripé, écaillé, tenu par endroits par les croix rouillées du renformis. C'est au bout de la pente que Thomas reconnut la forme du catalpa de son camarade, un arbre plutôt rare en la région. Au début de l'été, lors de sa seule précédente visite, il avait admiré les fleurs de cet immigré endimanché ; mais, ce soir, avec ses longues gousses pendantes comme mèches ou morves, l'étranger avait l'air louche... Il fallait passer vite et sans broncher, sous son couvert.

Il fallait ensuite longer une sorte de pelouse occupée par des arbrisseaux à feuilles persistantes que le jardinier avait taillés en forme d'animaux. Thomas savait que se tenaient là, dans l'ombre, un ours, une espèce de félin (grossièrement profilés mais certainement carnivores...) et combien d'autres monstres ? Chacun sait : la nuit prête à notre imagination des dispositions topiaires et s'aventurer si tard en territoire mal connu est le fait des risque-tout.

Dieu merci, Lucas se tenait au bas de l'escalier, les bras ouverts.

" Ah, te voilà enfin ! On t'attend depuis une heure ! Monsieur se fait désirer... Monsieur vient de la ville !

— Je me suis égaré en voulant passer à travers bois.

— Ah, le drôle ! Ah, le bête ! Se perdre dans un boqueteau de rien du tout..."

Son grand corps était tout secoué de rires. Il avait pris Thomas par les épaules et le considérait comme une curiosité.

" Ecoute, Mich, écoute ça : il s'est perdu en route !"

L'épouse venait d'apparaître sur le seuil. Cette accorte laborantine portait ce soir une robe rouge à rubans froncés.

" Bonsoir, Madame, dit Thomas ; veuillez bien excuser mon retard.

— Il s'est perdu, le drôle ! s'esclaffait encore Lucas.

— Ce n'est rien. L'essentiel est que vous soyez sain et sauf !"

Elle le regardait malignement et Thomas se demanda si la charmante ne cachait pas, sous sa mine affable, un coin d'irritation ou de moquerie. Mais son mari s'agitait, répétant à l'envi :

" Ah, le bête, l'unique ! Entre, entre vite ! Sinon je te taille comme mes buis et je t'enferme dans ma ménagerie !"

La dernière fois, Thomas était resté dans le vestibule. Le salon, tout en longueur, comportait, d'abord, un canapé, un guéridon marqueté avec des porcelaines puis, au fond, sous le lustre étincelant, une table circulaire déjà dressée. Mais, dans cette cage dorée, on se demandait vite quel était le dresseur ; car, avec sa bouteille d'apéritif d'une main et son bol d'olives de l'autre, Lucas allait et venait sans cesse, comme un garçon de piste, guidé par les injonctions posées de son épouse : "Là, doucement, ne renverse rien... Prends les verres du vaisselier, ils sont en bas, à droite, ne te trompe pas !" Elle, en même temps, commentait gracieusement un bois gravé, en entretenant son invité des circonstances de son acquisition. Puis, soudain : "Cette sanguine, murmura-t-elle, vient de mon premier mari."

Allons bon, pensa Thomas qui se souvint alors que Lucas, de son côté, avait une grande fille. Sur une étagère, une photographie représentait un groupe d'enfants de tous âges : S'il faut passer en revue les rejetons de la famille, je n'arriverai jamais à reconstituer le puzzle, songea-t-il, éperdu...

Heureusement, on passa à table.

" Après toutes ces émotions, vous devez avoir faim !" dit Michèle en s'asseyant, le buste droit, ce qui mettait en valeur son délicieux décolleté ourlé de soie amarante et semblait inviter son vis-à-vis à la manger des yeux...

" Voilà qui ouvre l'appétit, dit Thomas.

— J'espère, sourit-elle, que les assiettes sont encore chaudes : nous les avons sorties à votre arrivée...

— tardive !

— C'est Mich, la décoratrice, précisa Lucas, admire et goûte !"

Thomas ne savait trop ce qu'il fallait admirer le plus : la peau veloutée dans l'échancrure de la robe ou l'assiette servie de crème de courgettes, à la surface brodée de stigmates de safran et de vertes pelures. Les signes dessinés par la décoration culinaire étaient incompréhensibles ; mais aussi, les ourlets de soie amarante, que cachaient-ils ?

Pendant le dîner, on parla peu de l'agence professionnelle des deux hommes et beaucoup des vacances. Lucas voulut décrocher un tapis ouzbek venu du Tadjikistan, en expliquant ce qu'il fallait entendre par "peuple turcique". Thomas prêtait au savant exposé une oreille distraite, surtout que l'orateur, perché sur un tabouret peinait à garder l'équilibre... Michèle hochait la tête d'un air narquois, en relevant ses cheveux pour mieux tendre les seins. On ne pouvait pas ne pas suivre sa pantomime. Et puis il y avait les acrobaties de Lucas. Comment, dans ce cirque, porter une attention convenable au repas ? Par exemple, quelles herbes parfumaient la sauce des magrets de canard ?

" Ne dois-tu pas servir du corbières rouge ? demanda-t-elle abruptement, va donc !" Et lui qui domptait les fauves de son jardin semblait ici le factotum d'une Madame Loyal...

C'est entre la poire et le fromage que la fête se gâta. D'abord, apparut sur la table un carpaccio d'ananas, certes à base de miel, vanillé au basilic et fort bien présenté en fines tranches...

"C'est si beau qu'on n'ose pas toucher !" dit Thomas qui avait l'ananas en exécration.

Alors que, la pelle à la main, dans le silence d'une fin d'office, il hésitait à se servir, le grelot de l'entrée retentit et Michèle, aussitôt se leva, quittant la pièce avec vivacité.

" A cette heure-là !" grogna Lucas.

Il avait changé d'expression. Sa contrariété s'exprimait par des mouvements et des explications saccadés. Thomas crut comprendre que l'un des jumeaux de la proche propriété était diabétique, et que Michèle, par complaisance, lui faisait ses piqûres.

Voilà. Madame Loyal était complaisante. Et les soins qu'elle prodiguait à son prochain semblaient lui complaire car on l'entendait rire follement. Tant et si bien qu'en attendant, les deux hommes allèrent prendre l'air sur le balcon.

En son privé, chacun pensait que cette récréation digestive était la bienvenue : elle rafraîchissait les idées, elle différait l'appréciation de l'ananas...

La petite pluie avait soulagé la tension de l'air. Les rires de Michèle et ceux de l'enfant fusaient de concert, comme sous un chapiteau. L'orage allumait encore de lointaines lueurs qui sortaient furtivement de la nuit les bêtes de buis. Parmi elles, Thomas aperçut la silhouette du jumeau qui s'éloignait, lourd, les bras ballants...

Thomas, une nouvelle fois, se demanda ce qu'il faisait là, en ces lieux où il ne comprenait pas grand-chose.

AUBERGE DE VIEILLESSE

Maintenant.

Il se trouvait attablé avec le couple de petits vieux, dans une auberge isolée.

La femme causait avec urbanité, en faisant mine d'ignorer les anciens accrocs de Thomas.

Le mari avait son air grognon habituel, sa voix monocorde, à peine audible qui n'entretenait guère la conversation. A propos de connaissances communes qu'il avait eu l'occasion de revoir, il semblait prendre plaisir à fournir les informations au compte-goutte.

Cela agaçait Thomas qui avait un peu bu pour vaincre l'ennui.

Alors, il parlait trop. Il parlait de lui, Thomas, avec l'impression de battre l'eau avec un bâton. Il interrogeait l'autre sur sa santé, ses activités, en tendant l'oreille comme on fait à la margelle d'un puits. Il lançait des blagues pour essayer de dérider la surface...

Les deux vieux semblaient étonnés.

Ils l'écoutaient dégoiser et, parfois, souriaient poliment.

Mais ils ne cherchaient pas à le comprendre.

En sortant, dans la nuit venue, l'auberge paraissait surnaturelle, avec ses lampions accrochés à la dentelle de la tonnelle.

La montagne boisée des alentours était invisible, avec l'infinie variété de sa végétation, le chahut de ses terrains, l'entrelacement des sentes et des ravines.

Et toute la vie intérieure qui grouillait en silence.

Et que l'on pressentait.

BOUTS DE BAVARDAGES

L'une des marcheuses s'exclame : c'est honteux, mes parents sont âgés et ne peuvent se débarrasser de leur locataire qui occupe deux des quatre pièces de leur maison sans étage. Non seulement il ne paie rien, ni location, ni électricité, mais en plus c'est un violent qui cherche des crosses à sa femme et à tout le monde et qui accumule les saletés dans la cour commune. Honteux ! dit la marcheuse en faisant un geste de la main. Avec cela c'est un RMiste qui a tout le confort, la télé, le magnétoscope... en travaillant au noir à Dijon. Et quoi faire, ajoute-t-elle, la procédure traîne en longueur, l'individu bénéficie de l'aide juridictionnelle et, avec un locataire insolvable, mes parents ne seront jamais remboursés des frais d'avocat !

De toute façon, précise une autre, on n'expulse pas les gens en hiver.

La troisième intervient à son tour. C'est comme mes parents. Leur mauvaise santé les oblige à consulter ; mais vous connaissez la nouvelle réglementation : il faut passer par un généraliste ! Alors, les médecins adressent leurs patients aux spécialistes qu'ils connaissent. Le copinage avant les compétences, quoi ! C'est pas honteux aussi, ça ?

Derrière, les hommes écoutent.

Les vitupérations des femmes les énervent. Comment rien changer ?

Alors, ils disent n'importe quoi car, au cours d'une marche en plein air, les paroles sont aussi légères que les nuages.

Je suis allergique au bruit du claquement des dents, déclare l'un d'eux.

Qu'est-ce qu'on peut entendre, s'écrie le plus grand, moi je suis allergique à la connerie !

On peut l'évaluer objectivement avec des tests, explique le troisième, et puis, on peut être allergique à des personnalités particulières : cela se mesure également.

Le groupe suit un sentier charmant, fleuri de pissenlits aux feuilles en dents-de-lion.

Mais le vent disperse les aigrettes.

HUMEUR

Il faisait sa toilette lorsqu'il entendit la pluie.

Une pluie lourde, rageuse, surprenante en ce début de journée estivale.

Il se précipita dans la cour pour enlever le linge mis à sécher la veille et cette gymnastique (il fallait défaire hâtivement des pinces puis, l'épaule chargée de serviettes et de chemises, en défaire d'autres multicolores), cette gymnastique acheva de le réveiller.

A l'abri du préau, le visage ruisselant, il avait l'impression de suer à grosses gouttes.

Le soleil revint vite avec la chaleur. Dans la rue, alors qu'il allait chercher le pain à bicyclette, l'air du matin lui parut tout moite et plein d'odeurs.

Après quelques coups de pédale, il s'arrêta en entendant Monsieur Louis, expectorer dans son jardin. Chaque matin, ce retraité au tempérament pituiteux sort de chez lui et s'active autour de ses légumes et de ses fleurs. Lorsqu'il taille sa haie on aperçoit ses cisailles qui remuent au-dessus du feuillage comme les oreilles d'un lapin ; à chaque coupe, il se racle la gorge et l'on dirait qu'il clapit...

Bonjour, Père Louis ! Quelle rincée, dites-moi, vos tomates ne vont pas aimer !

J'avais rentré les belles, répond le voisin en salivant. Il fait des gestes, il tortille sa moustache. Il est de mauvais poil aujourd'hui...

Regardez, s'exclame-t-il soudain, ils arrachent mes gaillardes !

Il montre le pourtour empierré et fleuri de sa propriété. Il bichonne cette bordure, il la désherbe soigneusement, alternant pourpiers et pétunias blancs ou roses. Mais les passants font des sottises...

Ce sont de jeunes plaisantins, dit Thomas, ils ne pensent pas à mal !

Pas seulement, crachote le Père Louis, pas seulement : des adultes aussi. Et des pas loin !

En s'éloignant, Thomas est songeur. De nos jours, se dit-il, entre la perte des valeurs et la myxomatose, même les vieux lapins ne sont plus tranquilles.

LE BALOCHEUR

"Dans les lotissements, observait-il, les nouveaux propriétaires sont susceptibles". Sa femme répondait : "Oh, mais quel maroufle !"

Le couple âgé était arrivé, en fin de journée d'août, dans ce pays fleuri de Bresse. Ayant stationné près de la première maison, ils avaient été accueillis par un gros chien noir, velu comme un Terre Neuve, qui s'était approché de sa grille pour les regarder. Monsieur Bourgoin lui avait dit bonjour puis il avait commencé de marcher, projetant, avec son épouse, d'emprunter un sentier connu qui leur permettrait de contourner, puis de visiter un lotissement neuf récemment baptisé : "le Balocher".

Il faisait un temps de miel. L'espace semblait se recueillir. Le layon qu'ils suivaient lentement s'infiltrait comme un charme entre des ronciers et des champs de maïs. Parfois, entre les touffes, la terre apparaissait et le pied pouvait se poser sur l'empreinte sèche des pneus d'un tracteur.

Près des habitations, toujours en lisière des maïs, ils furent contraints de fouler le fond d'un petit fossé, de monter sur le talus et de faire quelques pas en bordure d'une propriété, avant de trouver la route.

Voilà.

Ils sont contents d'être rendus. Le dessin des constructions modernes – toits rouge vif, murs ocre et dorés – donne une impression de gaieté et de netteté qui contraste avec le fouillis des champs.

Devant la maison, un homme au torse nu et bronzé joue avec un enfant à bicyclette. Une grande jeune femme est dans la cour.

"Vous êtes bien, là !" lui lance Monsieur Bourgoin, comme on offre une fleur, un compliment souriant signifiant : Vous voilà céans bien installés, bien lotis, en somme... L'absence de réaction de la personne l'étonne ; mais plus encore l'apostrophe du maître des lieux qui s'est approché avec ses muscles et son bronzage :

" Qu'est-ce que vous faites là ?

— Nous nous promenons, répond Monsieur Bourgoin interloqué. Pourquoi ?

— Vous êtes chez moi, Monsieur. Si je passais chez vous seriez-vous contents, hein ?

— Heu... Nous avons dû... sortant du fossé... "

L'homme n'écoute pas. Il montre dans l'herbe deux petites bornes qui indiquent la frontière de sa parcelle : Pas de doute, son territoire a été envahi ; des étrangers ont surgi par un passage inhabituel pour empiéter sur son domaine ; ils ont dépassé les bornes...

" Si je passais chez vous, que diriez-vous ? répète-t-il, l'air mauvais.

— Vous avez raison, admet Monsieur Bourgoin, mais je vous trouve fort pointilleux !

— Si je passais chez vous, hein ?"

Le couple bat en retraite, sans demander son reste.

Les rues du lotissement sont empierrées de peu mais chaque résidence est bien délimitée, avec un muret surmonté d'un treillis métallique de couleur verte qui permet aux voisins de bavarder ou de s'insulter facilement. Ici ou là, on remarque un bout de pelouse, des allées jaune fauve, des chaises de jardin et, déjà, quelques plantations. Un chien jappeur accompagne souvent le promeneur tout le long de la clôture. Il en est de petite taille, d'une race anglaise à la mode, pleins de morgue et de furibonderie. A leur point de départ, derrière la grille, un autre Terre Neuve noir a rejoint le premier, avec des abois pareils à des gros mots : ce doit être le mâle...

"Au Balocher, observe Monsieur Bourgoin en repartant, on a le sens de la propriété !"

VIEILLE LUNE

Autrefois, son père lui disait ce n'est pas drôle de vieillir et il écoutait d'une oreille distraite, comme on fait avec les rabâcheries des anciens. Cette idée lui revenait maintenant, preuve qu'elle avait mûri en lui, en gardant la douce amertume de l'intonation paternelle et, avec le temps, le souvenir était en lui, comme incorporé, enraciné en son intime.

Depuis une heure du matin, ne pouvant trouver le sommeil, il était debout, en chemise, attendant le retour de son fils. Les mollets grêles et nus, devant sa fenêtre ouverte, il piétinait pour ne pas s'engourdir. Les volets entrebâillés laissaient voir quelques étoiles dans le ciel d'août et toute la fantasmagorie que la lune avait mis en scène dans la cour, avec un jeu d'ombres camouflant certains objets pour en inventer d'autres, immobiles silhouettes inquiétantes, tandis que des rais de lumière facétieux prenaient la clé des champs, semaient des flaques blondes autour des lys, poudraient d'argent le feuillage du châtaignier comme on fait sur la perruque d'un valet de pied fidèle.

Il observait aussi le chien, à côté du portail.

L'animal, un corniaud au poil brun et blanc, allait et venait sur le gravier, en traversant des zones tantôt claires, tantôt sombres qui paraissaient, dans la nuit tinctoriale, imprimées sur son pelage. Il gémissait de temps en temps, le museau tourné vers la rue, ponctuant sa mélopée par une sorte de soupir qui signifiait : Comme l'attente est longue ! Pourquoi ne revient-il pas ? Puis il reprenait une déambulation résignée.

Lorsqu'un bruit de moteur sourdait, il s'immobilisait, les oreilles frémissantes, jusqu'au passage du véhicule. Après quoi, il faisait demi-tour, tout d'un train, montrant par là désappointement et inquiétude : Un accident est toujours possible ; la nuit, on voit tout en noir, n'est-ce pas. Puis il revenait surveiller le portail, comme s'il était possible que la poignée tournât miraculeusement, en faisant tintinnabuler la petite clochette d'entrée dans le silence à nouveau recueilli...

Le clair-obscur qui régnait faisait ressortir des détails, un échalas, l'angle d'un mur... Et c'est l'ensemble familier qui changeait d'aspect dans l'étrange douceur nocturne.

Il se souvint que son fils connaissait mal l'itinéraire de son trajet ; avant de partir, il avait posé des questions à ce sujet. Ensuite, il songea que son fils était prudent.

L' APERITIF

"Oh, ce Monsieur Bourgoin, quel pince-sans-rire !", dit l'hôtesse.

Son mari rit.

Thomas et son épouse ont été invités, à l'heure de l'apéritif, en même temps qu'un autre couple de voisins. Trois couples sont donc réunis autour de la table du salon et, comme le vin et les amuse-gueules sont bien cuits, la conversation s'égaie et s'égaille.

On a déjà évoqué la dernière grêle qui a déchiré le vignoble et étoilé le vasistas. Madame et Monsieur Bourgoin ont comparé certains grains de glace - énormes et biscornus – à des roses des sables ; mais cela n'a fait ni chaud ni froid à leurs commensaux qui commencent à parler de la pêche et, notamment, d'un concours auquel ils ont participé récemment.

Mais quel concours ! Figurez-vous que les habitués s'étaient tous installés sur la berge, là même où sont disposés les appâts ; alors, forcément, les poissons frétillaient à cet endroit seulement et les autres concurrents ne prenaient rien !

"Et nous, pendant ce temps, grincent les épouses, nous attendions vainement la friture..."

Thomas dit qu'il sera beaucoup pardonné aux pauvres pêcheurs. Puis, pour faire diversion, il raconte avoir renoncé à la pêche autrefois à cause de l'aspect visqueux et des barbillons piquants des poissons-chats.

On l'écoute en silence. Puis, on lui explique que la chair des poissons-chats est fort comestible et que... Mais Madame Bourgoin rapporte alors que, l'autre jour, on lui en a donné une douzaine, de poissons-chats.

"Ils étaient vivants dans le seau, dit-elle, nous ne savions qu'en faire, alors je les ai remis à la rivière...

— Mais c'est interdit, s'exclament les pêcheurs, c'est une espèce vorace qui dévore même les œufs des autres poissons !

— C'est interdit, confirment les épouses.

— Je l'ignorais, assure Madame Bourgoin, ne me dénoncez pas !"

La compagnie rit un petit peu et l'on aurait peut-être passé l'éponge... Mais voilà qu'à son tour Thomas vient confesser ses fautes. Il raconte qu'en ce moment, avec une nasse métallique nantie d'une tranche de pomme, il prend nombre de loirs qu'il va ensuite libérer de l'autre côté de la rivière...

"J'en ai capturé huit ou neuf, fanfaronne-t-il ; quand j'ouvre la trappe, ils ne demandent par leur reste !

Pourtant, hier matin, l'un d'eux n'osait pas bouger, ce devait être un tempérament dépressif... Il a fallu que je le secoue !"

L'auditoire est complètement interloqué.

"Vous les relâchez ?

— Mais ce sont des rongeurs, savez-vous, des reproducteurs effrénés !

— La femelle, dit l'une des dames, a jusqu'à vingt tétines ! Ils font des nichoirs partout, dans les greniers, dans les literies...

— Ils sont si jolis, plaide Madame Bourgoin, avec leur pelage soyeux, leurs petits yeux noirs, leur queue touffue comme celle d'un écureuil : nous n'avons pas le coeur de les noyer..."

Thomas regarde ses voisins qui se sont redressés sur leurs sièges en se regardant. Il a l'impression d'être dans une chambre d'assises. Sans doute sont-ils allés trop loin. Ils risquent d'être ostracisés, peut-être même excommuniés. Il faut botter en touche, tout de suite...

"Je les emmène, invente-t-il, toujours au même endroit, dans un chemin creux. Chaque matin, lorsque j'arrive avec un nouveau, les anciens loirs sont là, à m'attendre. Lorsque leur camarade les rejoint ils agitent les pattes pour l'accueillir joyeusement. Je crois qu'ils ont constitué une colonie d'immigrés."

— Je n'ai qu'une crainte, conclut Thomas, c'est qu'ils ne cherchent à revenir. En confectionnant un radeau pour franchir la rivière.

Comme les boat people..."

Des rires secouent le salon en éclats. Les verres s'entrechoquent.

"Quel pince-sans-rire, dit l'hôtesse, son épouse et lui nous aurons bien promenés ! "

DOUBLE VUE

Thomas est en bons termes avec un intellectuel qui est "savant jusqu'aux dents", comme on disait dans l'autrefois lorsque la France ne parlait pas anglais. Avec ce compatriote qui brocarde les "franchouillards" et préfère écouter l'opéra au Covent Garden de Londres plutôt qu'à Paris, il entretient d'innocentes chamailleries. Si Thomas dit avoir reçu un "courriel", par exemple, l'autre demande invariablement ce qu'il faut entendre par "courriel", lui qui n'utilise que l'anglicisme "mail"...

Et cette turlutaine est réciproque, bien entendu !

En ce jour d'automne, ils font ensemble l'école buissonnière. Thomas promène l'ami dans une campagne vallonnée qu'il connaît et apprécie pour le charme de ses chemins à flancs de coteaux, pour les horizons indécis, le moutonnement des frondaisons, le clin d'œil du miroir des cours d'eau...

Thomas aime le silence et l'impression de pureté qui prévalent en certains emplacements retirés.

Mais comment communiquer cela ? C'est tellement personnel !

Alors, en passant, Thomas se borne à indiquer de la main des sentiers qu'il a l'habitude d'emprunter, des points de vue qu'il recherche, en soulignant parfois quelque haut fait de vaillance accompli récemment, son bâton de randonneur à la main.

"Oh, je vois que tu es un vrai sportif !", dit son compagnon qui, lui, voit bien d'autres choses en prenant photo sur photo : vieux calvaires, murs drapés de vigne vierge cramoisie... L'œil collé au viseur, il s'approche avec gourmandise d'un bourdon qui butine une fleur puis il se redresse pour expliquer l'éventail considérable des luminosités possibles.

Dans les vignes, il a tôt fait de remarquer le trépied du cep beaujolais, différent en cela du cep bourguignon, dit-il, en ajoutant que le terrain semble cristallin :

"C'est du granite ou du schiste, estime-t-il.

— Apparemment ! approuve Thomas prudemment.

— Tandis qu'en bas les fonds doivent être plus argileux".

Dans un herbage, le voilà maintenant qui photographie un petit âne, un grison à l'air sérieux comme tout, en expliquant que, selon lui et contrairement à l'opinion courante, l'âne est plus intelligent que le cheval.

"Le cheval est un animal noble", énonce Thomas, pour dire quelque chose...

Mais ils ont atteint une éminence d'où plonge la vue sur une combe déjà voilée de brume bleue. Thomas contemple le panorama paisible, le fondu des lointains. Il désigne un riche domaine et son prieuré, avec leurs pierres que le couchant dore merveilleusement ; sur les pentes, tout autour, on dirait que les hameaux prennent la poudre d'escampette, comme des polissons...

Sous leurs yeux, les pylônes à haute tension arpentent les champs à pas de géants, en tissant derrière eux les lignes d'une portée musicale "alanguie", selon Thomas.

"Oui, dit le savant, cette courbe est pleine de grâce : les fils électriques dessinent le cosinus d'un algorithme."

Voilà bien une autre chanson, songe Thomas toujours plein de doutes et de sentiments, s'agirait-il des fils de la Vierge ?

Au-dessus, dans le ciel bleu, plane un oiseau dont on devine les formes lourdes. Selon son ami, c'est peut-être une buse mais une longue-vue serait nécessaire pour juger de son envergure.

La buse, c'est moi, se dit Thomas ; on n'a pas besoin de longue-vue pour me cataloguer !

LA LORELEI

Petit Tom contemple son image sur la photo de groupe prise devant une façade ouvragée du château d'Heidelberg. A côté de son grand-père qui l'a invité à cette croisière sur le Rhin, il est l'un des rares enfants ; les autres touristes ont les cheveux gris. Ils remontent le fleuve ("*cette rue des moines, des marchands et des soldats*"), la canne à la main : ils sont aussi décrépits que la résidence des comtes palatins.

"Tu vois, dit grand-père, avec cette photo, on n'oubliera pas !"

Tom ne répond rien. Au cours de cette excursion à Heidelberg organisée depuis Mannheim, il est étourdi par les références historiques. Comment retenir tout cela ? Alors, il glane par ci, par là, des détails, de hauts faits qui constituent, dans son esprit, une gerbe chatoyante, pareille au camaïeu de verts, de jaunes, de rouges de la végétation qui couvre les berges rocheuses. A Worms, la capitale burgonde, il a écouté vanter les exploits de Siegfried, devenu maître du trésor souterrain des nains de la mythologie germanique : les Nibelungen. Cela fait rêver, de telles histoires ! Et, dis-moi, grand-père, pourquoi, autour de l'église, le produit des vignes est baptisé "le lait de

Notre-Dame" ? Et tous ces châteaux perchés sur les parois ou placés en sentinelles, au bord de l'eau ! Par exemple, cette "Tour des Souris" qu'un château fort voisin surveillait, paraît-il, toutes griffes dehors...

En voici, là, un autre, avec six tours et l'une des enceintes les plus épaisses de la Rhénanie : on dit que, dans le temps, le fief appartenait à Barberousse. Des barbes, il y en a donc de toutes les couleurs ? La rousse vaut-elle mieux que la bleue ?

Les légendes qu'il butine de place en place enchantent l'enfant. Il prête l'oreille aussi à la fable de la Lorelei qui revient comme une antienne, parmi les voyageurs. On va bientôt passer près du rocher de cette belle ensorceleuse. Tom se sent délicieusement inquiet. Mais tant de choses confisquent son attention ! Sur le bateau, il y a le dédale des coursives qu'il parcourt en compagnie de l'unique autre jeune passager ; il y a les cabines pourvues d'un coffre-fort utile pour ceux qui craignent les pirates ; il y a la copieuse table du petit-déjeuner, avec son libre-service de croissants, les jus de fruits colorés, les confitures présentées dans des barquettes de toutes formes et tous coloris et que l'on vide avec des cuillères minuscules : cela ressemble au jeu d'une dinette !

Et sur le pont ! C'est le défilé des rives où passent des ribambelles de maisons à colombages, des coulées d'argent, des érables d'or...

Voilà le gaillard d'avant, avec son énorme cloche gravée "Botticelli" et les trois croix blanches sur fond noir de son drapeau...

Les péniches interminables qu'on croise silencieusement ont des noms bizarres – Kraichgau, Walküre... – et les pavillons de leurs compagnies faseyent comme des gonfanons médiévaux... Ont-ils échappé à la Lorelei ?

Pour débarquer quelques heures à Rüdesheim et gagner le quai, il faut traverser le tillac d'un autre bâtiment et Tom ouvre de grands yeux en découvrant, entre les chaises longues, des vélos d'appartement, des fauteuils roulants, des cannes-béquilles... et autres accessoires pour handicapés.

"C'est un bateau médicalisé", dit grand-père, en suivant prudemment, sur la passerelle, leur groupe de touristes du troisième âge. Au milieu d'eux, Tom lui tient la main ; il n'en mène pas large, le rêve fait grise mine. Il est soulagé en atteignant le débarcadère.

Mais là, une fois de plus, mille merveilles différentes se découvrent à lui : bazars gorgés de figurines, de chopes décorées, d'écussons, de verreries, d'armes et de cuirasses de collection..., restaurants à tonnelles enguirlandées de vigne vierge cramoisie comme ceux de la Drosselgasse, profonds comme des églises, avec vitraux, statues, musique ou daturas, ces fleurs narcotiques qui ressemblent à des calices renversés... Dans les rues, un petit train de fantaisie se faufile et puis va grimpant dans les vignes de la côte appelée "forêt basse" (Niederwald). "Tuit ! Tuit !" fait le train, et les carillons automates des belles demeures lui répondent avec des vocalises...

Petit Tom se croit dans un pays féérique. Il regrette de quitter la petite ville. Sur le bateau-passerelle, il retrouve son jeune compagnon qui essaie d'emprunter le siège élévateur d'un escalier ; Grand-père retient le polisson à grand peine. Mais, à bord du Botticelli qui vient de rompre les amarres, les deux enfants s'échappent pour s'enivrer de l'air du large en guettant le rocher de la Lorelei qui ne serait plus très loin, d'après un couple de photographes amateurs (âgés au moins de soixante-dix ans...)

Ils patientent en bavardant :

" Elle a de grands cheveux blonds, dit l'un des enfants.

— Et elle chante si bien, dit l'autre, que les capitaines oublient de conduire.

— Et ils font naufrage !

— Elle doit être en haut du rocher pour être bien en vue !"

Et, soudain, le promontoire est sous leurs yeux, avec un drapeau au sommet.

Ils cherchent fébrilement une figure de la sirène, en haut des plaques de schiste couvertes d'arbustes fauves ou vert-jade. Hélas, ils ne voient rien. Et le versant, déjà, s'éloigne... Tom se précipite vers son grand-père assis, avec d'autres passagers, près des verrières du salon couvert.

"Alors ? Tu as vu la Lorelei ?

Devant la mine du garçonnet, l'aïeul comprend que l'ondine lui a échappé comme un poisson. Il tâche de le consoler :

"Ne t'en fais pas, la statue était en bas, près de la rive, mais toute petite : tu n'as pas perdu grand chose !"

Mais Tom est mortifié. Surtout que – il le constate – tout le monde a vu la Lorelei ! Quelle poisse ! Avec son copain, ils n'ont pas regardé où il fallait ! Et dans le fil de l'eau fuyante, on ne peut faire demi-tour !

L'esprit chagrin, Petit Tom aperçoit d'autres châteaux sur les pentes, mais, est-ce un fait exprès, il n'entend parler que de faits terribles : En voici un, couleur muraille, qui retenait ses prisonniers dans une cage en fer, noblement dénommée "couronne de punition" ! Dans une nature rouge-feu évoquant les anciennes batailles, voici la ruine du Fürstenberg, au-dessus de Rheindiebach. Plus loin, séparés par "le Mur de la Querelle", s'opposent encore les mâchicoulis de deux frères devenus ennemis mortels, encore pour une histoire de femmes ! Et puis, au-dessus de Braubach et des vignobles en terrasses, voilà le donjon carré du château de Marksburg protégé, dit-on, par un fossé à loups avec pieux acérés... Bref, plutôt qu'un film romantique, Tom a l'impression de voir la projection de ce que Victor Hugo appelle "la secrète horreur du Rhin"...

Heureusement, on arrive à Coblence et, dans les rues, l'enfant, à nouveau oublie tout, charmé par le pittoresque de certaines devantures (telles Max et Moritz) imagées comme une bande dessinée, épaté par la rencontre avec plusieurs personnages de bronze, en habits de fonction, de courte taille mais bien rondouillards et hilares comme des clowns : sur la chaussée, l'un joue du tambour en défilant crânement ; sur une autre place, un collecteur municipal, bronzé lui aussi, vient percevoir la redevance d'une vendeuse de légumes dont on peut toucher les asperges car cela porte bonheur... Tom reluque longuement les visages bouffonnants, en se sentant transporté dans un monde extraordinaire et léger. Devant la fontaine, dans la cour de l'Hôtel de Ville, il éclate de rire, en évitant de justesse le jet d'eau du "gamin de Coblence"...

Le soir, son grand-père l'emmène voir la statue équestre de Guillaume qu'un ange protège de ses ailes. En revenant, le long du quai, au bord du Rhin qui brasille, son grand-père lui dit :

"Petit Tom, toi qui n'as pas vu la Lorelei, tu ne tomberas jamais au fond de l'eau, tu seras immortel !"

Et l'enfant se demande si un ange veille sur lui comme sur l'empereur...

Quelques jours plus tard, revenu chez lui, il apprend le décès de son ami Grand Pierre avec qui il allait jouer les mardis. Grand Pierre était un peu plus âgé que lui mais, peut-être, avait-il vu la Lorelei ?

UN CONCERT DE VOIX

Baligh reçut le don des langues à la naissance. Son père, un psychiatre arabe renommé, avait épousé une Anglaise et la famille vivait dans un ancien protectorat français, derrière le bouquet de mimosas et d'orangers d'une villa entretenue par du personnel indigène. Ainsi, dès le berceau, l'enfant s'imprégna du timbre de voix différentes, tour à tour anglaise ou arabe, selon celle des parents ou des domestiques qui se penchaient vers lui.

En grandissant, il s'appropria à la fois bilinguisme et diglossie car l'arabe du jardinier était beaucoup plus terre à terre que le parler exemplaire de son père qui avait voulu prénommer son fils "Baligh", c'est-à-dire "éloquent" : le médecin considérait, en effet, qu'une parole maîtrisée ouvrait toutes les portes de la société, en même temps qu'elle éclaircissait l'esprit. Aussi encourageait-il Baligh à bien retenir chacune des langues à sa portée, pour pouvoir ensuite séduire tous les milieux auxquels il s'adresserait dans l'existence. Depuis le mentor des palabres de village jusqu'au négociant en terre étrangère, tous les madrés avocats capable d'embabouiner n'importe quel public, partageaient, n'est-ce pas, l'art de la parole qui persuade, travestit, exalte et fait prendre les vessies pour des lanternes éclairant le monde...

La mère de Baligh, elle, réprimait son inquiétude : le polyglottisme n'allait-il pas disperser la pensée du garçon au lieu de la clarifier ? Ne pouvait-on craindre des confusions entre les idiomes et le désordre dans la réflexion ? Elle se posait ces questions à mesure que s'élargissaient les compétences langagières du jeune homme qui avait trouvé le français dans les rues de son pays puis d'autres langues encore dans les programmes du collège et dans les résidences touristiques bruissantes et fourmillantes comme des caravansérails. Il absorbait vocabulaires et syntaxes avec d'autant plus d'aisance, semblait-il, qu'il avait commencé jeune, et naturellement, à manipuler des outils d'expression différents. En fin d'adolescence, il parlait déjà une douzaine de grandes langues et il acquérait des connaissances intermédiaires dans beaucoup d'autres, au hasard de ses rencontres et de ses voyages. En Angleterre où ses grands parents l'accueillaient il avait l'impression d'être à l'étranger plus qu'ailleurs en raison du caractère réservé des habitants et du multiculturalisme ambiant : non seulement il découvrit nombre de langues minoritaires comme le bengali ou le cantonais mais il perfectionna aussi, là-bas, sa pratique du polonais, du grec, de l'italien... Des amis de son père l'initièrent même à la langue diplomatique et à "la langue de bois" pleine de substantifs et de tournures passives ; cela lui confirmait l'infinie variété des registres, toute cette panoplie de masques qu'il est bon d'emprunter pour faire face à la diversité des situations sociales.

Bien sûr, dans chaque système linguistique, Baligh accédait à une maîtrise relative, maîtrise surtout orale, plus ou moins active et limitée aux circonstances ; mais, d'ordinaire, il ne cherchait rien d'autre que l'efficacité, c'est-à-dire la communication à la satisfaction de l'entourage, n'hésitant pas, par exemple, à employer un mot, une formule d'un autre système pour mieux se faire comprendre ou pour faire un clin d' œil à l'un des interlocuteurs.

Ces interférences alarmaient sa mère qui voyait dans le mélange des langues un risque de babélisme et de dépersonnalisation. Certes, comme tout le monde, elle admirait la virtuosité de son fils capable de passer d'une langue à l'autre, d'une liane à l'autre, comme un singe progressant dans le maquis des échanges. Et cela, dans la maison même, troquant instantanément l'anglais maternel fonctionnel pour l'arabe poli de son père ou celui populaire du "chaouch" dès que l'un ou l'autre s'adressait à lui ; mais aussi partout ailleurs, une sorte d'interrupteur psychologique lui permettant, semblait-il, d'établir un contact immédiat, en adaptant verbe, ton et même geste à ceux du nouveau venu... Au point qu'on pouvait se demander s'il n'adoptait pas en même temps la pensée de l'autre !

La mother s'en rendait compte à l'occasion des différends qui l'opposaient à son mari : les discussions commençaient dans une habituelle interlangue, en se réfugiant, de temps en temps, dans un français impersonnel, puis parfois, dans le feu de la chicane, pour affirmer une conviction intime, l'un recourait au pur arabe, l'autre à l'anglais châtié. Et il arrivait que Baligh fût pris à témoin parce qu'il paraissait comprendre l'incompatibilité entre ses parents et l'argumentation de chacun d'eux. Dans la cacophonie domestique de ces moments-là, on avait l'impression qu'il saisissait les motifs des deux partitions, en échappant aux contraintes des notes, c'est-à-dire à l'orientation particulière de chaque code, à la tonalité qu'il imposait pour envisager les problèmes. Autrement dit, lorsque les époux s'enfermaient dans leur verbe respectif, ils ne s'entendaient plus... Tandis que Baligh, lui, percevait l'origine des couacs et s'en servait pour réconcilier ses parents en les mettant au même diapason...

Le jeune homme n'était pas sans discerner la particularité de ces scènes familiales qui trouvaient en lui un intermédiaire efficace : s'il parvenait à rapprocher les points de vue de ses parents c'est, assurément, qu'il connaissait leur langue respective ; c'est aussi qu'il connaissait bien leurs personnalités, leurs dispositions habituelles, la signification singulière que chacun attribuait plus ou moins consciemment à chaque problème du quotidien. Enfin, faut-il le souligner, son père comme sa mère acceptaient son intervention parce qu'ils la savaient d'une neutralité pénétrée de tendresse constructive. Tout cela faisait une situation spéciale de plurilinguisme, une situation où tout contribuait à favoriser l'intercession : d'une part, ses aptitudes linguistiques déliées et ses attitudes de fils affectueux lui permettaient d'être écouté et puis, d'autre part, les deux parties n'étaient pas hostiles ; on pouvait même se demander si, à la longue, entre ses parents, les chamailleries n'étaient pas devenues un rite malicieux auquel lui, l'arbitre, ne prenait qu'une part modeste en se bornant à rapporter la pensée de chacun sans la faire entièrement sienne comme le craignait sa mère – en échappant gaiement aux contraintes des deux systèmes linguistiques – en restant hors jeu, en somme, sans être personnellement concerné par l'enjeu du débat...

La réalité extérieure était bien différente, Baligh s'en rendait compte.

Dans la société commerciale où il exerçait maintenant une activité d'interprète, les interlocuteurs étaient parfois inconciliables. A l'absence éventuelle d'idiome et de culture communs s'ajoutaient la tension née d'aspirations incompatibles. Comment, par exemple, rapprocher les arguments économiques de ce tokyoïte perclus d'honorabilité nationale avec les options soi-disant écologiques de son concurrent norvégien ?

"Nos ventes progressent, dit l'un, la rentabilité opérationnelle de notre Groupe est connue. Motivation, productivité et discipline : voilà notre devise !

—Votre consommation d'énergie est déraisonnable, réplique l'autre, il faut respecter l'environnement."

Chaque négociateur cache sa pensée, bien sûr, dans ce dialogue de sourds. Le Scandinave est un géant placide : la fébrilité cassante du petit Nippon peut-elle faire fondre la glace ? Baligh craint le réchauffement trop brusque des continents ; et son comportement de témoin n'est pas sans risques : si les mots ou le ton qu'il emploie dans la traduction plaident pour sa propre société , il se disqualifie, les réparties s'entrechoquent en menaçant même de se retourner contre lui. Inversement, si Baligh donne ses versions dans une froide indifférence, rien ne se passe, chacun campe sur ses positions et reste dans l'expectative. Souvent, un accord s'établit en douce et, pourrait-on dire, à l'insu de l'intermédiaire, tout simplement parce que les deux parties trouvent un intérêt à s'entendre.

Certes, tous les échanges professionnels ne sont pas des affrontements frustrants pour Baligh. Dans certains congrès internationaux (il appelle cela les "grand-messes"), sa compétence et son agilité linguistiques font merveille : Sur l'estrade, au milieu d'officiants qui considèrent que l'anglais n'est pas "le latin du vingtième siècle", on lui demande parfois de mettre en valeur des invites ou des répons en divers idiomes et il se croit alors investi d'une sorte de mission œcuménique, en répandant ainsi sur l'assemblée un choix d'éloquence bigarrée comme autant de sons de cloche...

Au cours de réceptions, il lui arrive même d'éprouver un sentiment de puissance temporelle. Car, alors, il lui faut tour à tour s'adresser à des serviteurs, des collègues ou des cadres supérieurs pour traduire les desiderata des invités, et sa parole devient plurielle en s'adaptant au niveau socioculturel de chacun, en évoluant du négligé à la tenue soignée, en parvenant même, certaines fois, à s'imposer lorsque sa connaissance des sémantiques et des cultures lui permettent d'infléchir des choix concernant, par exemple, l'extension des marchés ou la publicité. En cherchant le sens de sa traduction, certains sujets semblent alors suspendus à ses lèvres et notre interprète mesure l'importance de son rôle. Si son père était là, il le comparerait assurément au tlatoani ("celui qui parle"), l'empereur aztèque qui, paraît-il, dans ses péroraisons, manipulait habilement les auditoires...

Mais, avec le temps, Baligh découvre que la réalité est partout beaucoup plus complexe que celle de son enfance familiale privilégiée ou celle de la sphère professionnelle. L'expérience de la vie lui révèle, de plus en plus clairement, que le multilinguisme est général et permanent, si l'on admet que tout s'exprime, avec les mille registres du langage-langue mais aussi, par exemple, avec les sourires et les grimaces de Sarah, une ambitieuse qui n'entend pas les rêves de pur amour de son admirateur ; les gestes, les multiples toilettes ou les soupirs de la jeune femme signifient, hélas, toujours une intention capricieuse... Et la Nature où se réfugie le jeune homme n'est-elle pas bruissante de voix ? Gargouillis au fond de l'oued, clameur de l'orage, ramage des passereaux de la colline aussi doux que celui des bengalis... Lorsqu'il prend un temps de promenade dans le jardin, Baligh a l'impression de retrouver des consolateurs : A ce vieil eucalyptus aux branches tortues de rhumatismes, au tronc fripé qui se desquame, il confie sa mésentente avec Sarah. Dans les allées, entre le cierge des cactus, il prête l'oreille aussi au tumulte des pensées tapies au fond de lui ; lentement, émergent la voix de crécelle de son amour-propre déçu, le tambourinage des exhortations paternelles, le refrain des craintes inextinguibles de sa mère... Et puis, confus et embrumé de regrets, voici l'écho de la tendresse des grands parents maintenant disparus : "Viens, ma mie, viens m'embrasser, tu es beau comme un prince !" et ce faible murmure, en lui toujours présent, il ne le peut percevoir que graduellement, dans l'obscurité de la solitude, lorsqu'il a la patience d'attendre, la patience d'écouter...

Attendre pour écouter, c'est justement ce qu'il fait ce jour-là, dans son coupé automobile BMW stationné près de la Porte de France, à l'entrée de la Médina. Ce qu'il guette parmi la foule, c'est un vieil Italien qui vient, de temps en temps, donner à domicile des leçons de piano à sa mère.

Baligh l'attend pour l'emmener car c'est un valétudinaire qui se déplace avec peine. Mais les bons professeurs sont rares et les Européens du pays iraient chercher cette perle jusque dans le sable du désert...

Il habite, paraît-il, aux abords de la ville arabe, personne ne sait où exactement, et Baligh pas plus que les autres mais, à l'heure prévue, il le voit surgir lentement, avec la dégaine d'un coquefredouille échappé d'une Cour des Miracles. Au milieu de la cohue exubérante des porteurs en sarouel, des gamins criards, du haïk des femmes et des ânes chargés de gousses de piment cramoisi, il arrive à pas menus et, chaque fois, Baligh craint de voir ce squelette ambulant se brésiller, s'évaporer parmi l'animation de la place.

Lorsqu'il arrive ses yeux sourient, larmoyants dans une figure émaciée.

Il approche du véhicule qui l'attend toujours à la même place.

Il n'est pas recommandé de brusquer le bonhomme qui se penche précautionneusement, cherche ses appuis avec un soin infini et se niche enfin, au fond du siège-baquet, comme une potiche de porcelaine. Pour fermer, Baligh ne claque pas la portière ; en roulant, il évite les nids-de-poule de la chaussée et les freinages intempestifs. La conversation elle-même est réduite en cours de route et patauge dans une sorte de sabir méditerranéen alternant arabe dialectal, italien populaire - lui-même issu du dialecte sicilien - et français de banlieue, bref, un salmigondis, une "lingua franca" qui hérisserait sa pianiste de mère qui n'aime pas les fausses notes...

En arrivant à la maison, le même cérémonial se déroule, à l'envers cette fois, pour extraire le professeur de son siège, avec l'attention qui doit présider à la sortie d'une momie de son sarcophage... On est presque surpris de le voir, debout, bouger les jambes avec de minuscules saccades mécaniques. Pas question de s'attarder ! Baligh l'accompagne directement au salon, en lui tenant le coude comme on fait avec les infirmes dans les couloirs d'hôpitaux... Il ne le quitte pas même des yeux, craignant de le voir s'effondrer là, sur place... On l'installe en silence devant le piano, à côté de la mummy qui attend et voilà, en somme, deux "momies" côte à côte...

Mais, soudain, le miracle se produit : les mains de l'Italien se sont plaquées sur le clavier puis, comme animées d'une folle indépendance, les voilà qui se mettent à voltiger sur les touches ; les grands doigts frappent nerveusement l'ivoire noir et blanc : est-ce le diable ou le divin qui s'installe dans la demeure avec cette tempête de jazz ? Est-ce le Maître et Marguerite réunis ? Tout le corps fragile et délabré du vieil homme est secoué maintenant d'élans, de soubresauts, de remous... ses yeux brillent et sa jubilation communicative a gagné son élève, la maman ordinairement discrète rayonne à présent et s'agite, transfigurée elle aussi...

Chaque fois, cette mise en train musicale se renouvelle. Dans l'heure qui suit, la leçon de piano suit un cours plus calme mais, à nouveau, à la fin, le vieillard libère son feu intérieur et devient ingambe par enchantement, en entraînant tout le monde à sa suite, pareil au joueur de flûte de Hamelin, au rythme du vibrato ou de l'attaque du "style hot" de son interprétation.

Balıgh est émerveillé. Il se dit que les artistes disposent, eux aussi, de plusieurs registres d'expression et que leur personnalité ne se disperse pas mais s'épanouit si elle parvient à traduire la singularité de leur vision. Dans la grisaille ordinaire, l'amateur de peinture est peut-être un homme emprunté mais, devant son chevalet, il a "de la patte", il se lève, marche et court vers son arc-en-ciel, comme le vieil Italien arthritique. Le poète est unilingue mais voilà que sa plume régénère la langue commune au point qu'on ne la reconnaît plus et que le mâche-laurier est regardé de travers comme autrefois les bilingues.

Et tout individu n'est-il pas plus ou moins artiste dès lors qu'il dévoile dans son activité, d'une manière ou d'une autre, une représentation originale et désintéressée ? Dès lors qu'il exige d'être aussi authentique qu'un enfant...

A chaque individu, donc, sa particularité langagière multiforme, sourde ou claire comme toutes les voix de la nature, à chacun son idiolecte, son style qu'il faut essayer de comprendre, avec sensibilité et, selon sa mère, en gardant son libre-arbitre... Ce qui demande une solide maturité affective, ajouterait son père, car l'individu désintéressé ne court pas les rues ni les sociétés commerciales !

Mais Baligh a le cœur plein d'espoir. Ses parents lui ont toujours promis une vie heureuse et un bel avenir, cela ne peut se démentir, n'est-ce pas ? L'expérience et la connaissance, songe-t-il, me procureront cette maturité ; en écoutant patiemment le charivari universel, les controverses professionnelles, les caquetages de Sarah, je réussirai à me faire entendre aussi bien qu'autrefois dans les chicayas familiales !

N'est-ce pas ?

AU RESTAURANT

Au premier étage, il entre dans le bureau derrière Josiane, une Responsable à la quarantaine élégante, qui papillonne, répond au téléphone en gloussant, prépare la cafetière électrique sous un énorme portrait de Coluche...

"Asseyez-vous, je vais m'occuper de vous !

— C'est la Tunisie ? demande-t-il, en montrant au mur des photos de villas blanches et bleues.

— Non, la Grèce ! J'adore ce pays ! Asseyez-vous..." invite-t-elle encore, avec une souriante politesse.

Mais le bureau est exigu ; si le siège offert est occupé, l'entrée sera obstruée...

Et voici, justement, un couple qui arrive en apostrophant Josiane. Il appert que l'une est chargée du "secteur emploi" et l'autre d'un secrétariat. Tout ce monde potine avec convivialité.

"Vous connaissez la dernière ? On ne pourra plus fumer sur les terrasses chauffées au gaz !

— Qui veut du café ? C'est du vrai ...

— Le décaféiné n'est pas du café !

— Je vous sers un mug ?" lui demande Josiane en désignant un mazagran d'un geste chic.

Après la pause-café, les deux collègues regagnent le bureau voisin. Alors il peut s'asseoir pour remplir une fiche. Quand il inscrit sa date de naissance, Josiane questionne : "C'est quel signe, ça ?"

Le dernier renseignement demandé concerne sa motivation.

Il écrit : "Pour mourir en odeur de sainteté" et elle éclate de rire.

En bas de l'escalier, il agrafe son badge.

Un premier groupe de bénéficiaires patiente. En enfilade. De tous âges et de toutes nationalités. Certaines femmes ont un landau.

Il surprend des regards dépourvus d'aménité.

Dans une encoignure, une pauvrette est seule, un sac plastique alimentaire à la main. On la dirait apeurée.

LA BOÎTE

Ce jour-là, comme Bel-Gazou, j'avais la chance d'être un peu malade. Un peu seulement. Alors, je suis allé admirer le Ballet du Grand Théâtre, le monde merveilleux de Clara qui vient de recevoir une poupée Casse Noisette en cadeau de Noël.

Et voilà la petite fille - jupe rouge et chemisier blanc - qui tourne et vire comme un toton devant le sapin étoilé, entre ses parents, les invités, les jouets animés...

Tout le monde danse, et même le grand-père, dans cette maison de rêve.

Tout autour, il neige un peu des plumules de lumière aussi étincelantes que les trilles de Tchaïkovski.

Et les souris grises défilent à la queue leu leu : sont-elles drôles !

L'ennui, c'est que je pense, en même temps, à la guerre civile en Ouganda. J'ai regardé un reportage, la veille, à la télévision. Les milliers de civils, d'enfants fuyant leur village pour échapper aux rebelles de l'Armée de résistance du Seigneur qui pillent, enlèvent, mutilent au nom, paraît-il, des Dix Commandements d'une Bible...

Parmi des scènes de cauchemar, j'ai vu un garçonnet de six ou sept ans, vêtu d'une sorte de bogolan argileux. Il marchait, le visage ruisselant de larmes, révolté de désespoir ; il marchait aussi vite qu'il pouvait entre les mollets de sa tribu, traînant derrière lui, dans la boue, une boîte métallique de survie.

La vision de ce pauvre gosse - appelons-le Bruno - s'est imprimée en moi et c'est embêtant car elle s'ingère dans le Royaume des délices de Clara.

Au milieu des danses arabe, chinoise ou russe, voilà une marche africaine.

Dans le pas de deux d'une fée Dragée emballée maintenant par le son cristallin du célesta, Bruno supplante le petit Prince ...

Mon esprit malade ne parvient pas à chasser l'image rémanente et s'interroge : Est-ce l'enfance, avec son visage clair et sombre ?

La vie est-elle réelle ou bien spectacle d'enchantement et d'épouvante ?

Commence-t-on avec les illusions de Clara pour finir avec le désespoir de Bruno ?

Et moi, le rêveur, ne suis-je pas aussi le fuyard, traînant ma boîte de souvenirs et leur cadeau d'amour pour subsister…

UNE GUERRE DE PLUME

"O Maurice, *O Maurice, O*
Pourquoi qu'ta mère t'a fait si beau ?"

Le grand-père avait peut-être entendu cette vieille rengaine. Sa moustache lui donnait un air distingué.

Il maria une belle et bonne payse et, pendant dix-sept ans, conduisit des trains de la Compagnie PLM.

Il donna deux filles à son épouse et une partie de ses appointements à la Compagnie des chemins de fer, pour constituer une rente de retraite. Mais il ne toucha jamais cette épargne car elle n'était pas compatible avec la pension militaire qui lui avait été concédée pour invalidité à 100%, suite à une néphrectomie et une tuberculose rénale due à un "excédent de service", en 1916.

Avant de mourir (en 1926), le Retraité d'office passa son temps à écrire : au Ministère des Pensions, à la Comptabilité générale de la Compagnie PLM, aux différents sous-intendants militaires, aux Centres de réforme...

Il avait une écriture fine ; à l'époque on disait figurément une écriture "affamée" qui convenait, en 1919, pour solliciter un revenu propre à nourrir la famille.

"*J'espère, Monsieur le Directeur* (du Service de Santé de la 8ème Région de Bourges) *que vous voudrez bien prendre ma demande en considération pour qu'une petite pension de l'Etat me soit accordée*".

En 1920, le montant de la pension touchée était erroné : il ne tenait compte, ni du grade (caporal), ni des enfants en bas âge.

Alors, le grand-père écrivait.

En 1921, il osait faire remarquer (en citant les textes) que tout agent ayant au moins quinze ans de service avait droit à une retraite anticipée ; mais le Ministère répondait que la retraite professionnelle et la pension militaire, étant accordées pour la même invalidité, ne pouvaient se cumuler.

Chaque année, il devait passer devant une commission de réforme. Ensuite il écrivait pour demander la notification des commissions, le renouvellement de son titre de paiement, la rectification des erreurs, etc, en rappelant chaque fois, l'ensemble des démarches précédentes.

Sa plume était "bien taillée", comme on disait alors des écritures élégantes ; bien taillée comme ses moustaches, avec des pleins et des paraphes déliés, avec des volutes et des pointes relevées...

En 1925, il n'avait toujours pas reçu son titre définitif :"*Ma pension serait-elle sujette à révision et pourrait-elle m'être retirée ?*", s'inquiétait-il auprès du directeur du journal des mutilés et réformés. Et il continuait d'adresser à l'administration militaire des lettres pleines de tact : "*J'ai l'honneur de venir vous demander, Monsieur le sous-intendant, d'avoir l'obligeance de me faire parvenir dès que possible un nouveau titre de paiement, en remplacement du titre épuisé pour me permettre de toucher mon trimestre d'allocation aux grands invalides échu depuis le 1er janvier*".

L'année suivante, il n'avait plus la force de "labourer le papier" ; c'était un pauvre corps douloureux, obligé de porter constamment un appareil pour incontinence urinaire. A cinquante ans seulement, il n'était plus un correspondant recevable. Il s'était changé en mort.

Maintenant, ses petits-enfants ont un grand-père beaucoup plus jeune.

Il se prénommait Maurice.

Il avait une belle moustache.

Il est mort parce qu'il ne pouvait plus écrire.

DOUBLE SOMMET

De Chiroubles au Col de Durbize
je vais si haut que le soleil
Que voulez-vous que je vous dise
je suis un marcheur sans pareil

Je grimpe tout seul vite vite

Là-haut un petit pré m'invite
parsemé d'œillets de montagne

On y voit la beauté du monde
autour de moi qui fait la ronde

La nue au ciel bleu qui se grise
un vent d'oiseau la déshabille
Le bourguignon qui s'écarquille
n'a qu'un nuage pour cripagne

Au mitan de l'été, à la fin d'une torride relevée,

lorsque la chaleur est si grande qu'elle écrase la
nature, le feuillage immobile et les insectes engourdis,

qu'on avance seul dans le silence entre les flaques de lumière et dans des tunnels ombreux où des présences invisibles semblent guetter,

lorsque les vieux labours gisent au repos, rayés par l'ongle noir des corbeaux et que des soleils en foule se pressent sur le chemin comme des voyeurs…

On se dit que le malheur pourrait surgir.

Quelque malfrat, un chien errant, un malaise… ou bien ces tiques qui se logent insidieusement sous la peau pour paralyser l'articulation.

On se dit que lorsque la vie dans tout son éclat est ainsi étale, ivre de torpeur, sans le fard des rumeurs habituelles, sans défense en somme…

On se dit qu'elle ressemble à la mort.

Est-ce l'âge, se dit le marcheur, est-ce l'âge qui me patafiole et me fait prendre conscience de la proximité, de la parenté entre l'endroit et l'envers du décor ?

UNE HISTOIRE DE FAMILLE

Papimi (le grand-père) soliloque au milieu de la cour ensoleillée :

Il paraît que Dieu est tourbillon. Bon. Mais le démiurge avait-il conscience de tous les ricochets de son vortex ? Les grands créateurs, ne savent pas ce qu'ils créent, n'est-ce pas, et sans les explications des critiques ou des exégètes, nous serions submergés par le mystère… Ainsi, au soir de la vie, l'inclination pour la tranquillité ou la fixation d'habitudes – ces efforts dérisoires pour suspendre le temps – préparent-elles vraiment à affronter le grand maelström de l'au-delà ? Je voudrais bien qu'un commentateur me renseignât, surtout s'il a lui-même, déjà, fait l'aller-retour !

Adonc, au milieu de la cour, le grand-père soliloque, en regardant le bric-à-brac qui l'entoure : ustensiles de cuisine, lampes, cartons de jouets, figurines playmobil et animaux en débandade, yatagan, monceaux de vieux vêtements, souliers percés, chapeaux fantaisie, boîtes vides, boîtes pleines de répondeurs ou de claviers hors d'usage, avec les fils qui s'échappent comme d'un nid grouillant de lombrics…

Sa fille, Geneviève, s'est mis en tête de *faire une brocante*.

Les vieilles valises qui reposaient en paix dans le marigot du cagibi ont été impitoyablement éventrées, leurs entrailles extirpées. Les fils de séchage sont complets ; on n'a plus assez de pinces à linge multicolores. On a même pendu des chaussettes dépareillées, alignées comme les femmes de Barbe-Bleue…

Tout est chambard et pêle-mêle dans cette cour auparavant si calme que le chat noir et blanc, *ce camard au sommeil faux-semblant*, traversait à pas prudents.

On a même retrouvé un cahier de récitations d'Alain. Comme c'est loin tout ça ! Et comme le garçon soignait son écriture, au cours moyen ! On lui téléphonera qu'on garde ce souvenir : la poésie de l'enfance ne se brade pas.

« Les téléphones portables se vendent bien », dit Geneviève qui envisage d'emmener une longue planche pour étaler ses articles. Dans le garage, on a retrouvé des barres mais on ne peut les fixer sur le toit de la voiture. On essaiera de les vendre si elles trouvent place dans le véhicule. Avec la planche et les tréteaux.

Papimi est en sueur. Malgré ses talents limités de bricoleur, le grand-père s'acharne sur un billot de bois dont il veut faire un socle de parasol. Il a déjà utilisé la perceuse et cassé un bédane lorsque Mamizette (la grand-mère) s'avise que la table de jardin a les pieds pliables et l'œil prévu pour maintenir le parasol…

« On aura droit à trois mètres linéaires », explique Mathias (le grand petit-fils), en empoignant la table.

La voiture est archipleine de marchandises aléatoires.

Combien seront « réalisées » ?

Pourront-elles tenir sur une planche de trois mètres, même « linéaires » ?

C'est le Radeau de la Méduse.

Il prend le large le lendemain matin, à six heures et demie. Il fallait être sur place dès six heures, mais tant pis.

Mamizette accourt en tendant des provisions de bouche.

« On n'a plus de place ! » crie Mathias en agitant un mouchoir au dessus de l'entassement.

Les grands-parents ne sont pas emmenés. Eux, on ne les brocante pas encore…

BESTIAIRE

« Ma poésie est à ras de terre », dit la Colette
du Fanal bleu .La mienne aussi, songe Thomas
Bourgoin : elle est même rasée, tellement tapie à ras le sol
comme une bête effrayée qu'on ne la voit pas...

Depuis son retrait de la vie active, le processus de
vieillissement de Thomas se manifeste par des regrets et des
rêveries.

Il se souvient de son enfance, dans un village de
l'Yonne, entre des parents besogneux qui l'entouraient
d'affection en l'assurant d'une vie moins ordinaire. Il a
attendu cette vraie vie, bien sûr, mais elle n'est jamais
venue. Pour l'essentiel, il n'a fait que suivre les événements,
sans les maîtriser et sans rien éclairer de son existence. « Je
suis comme la lune : désenchanté », dit-il.

Alors il lui arrive de s'inventer une société dans
laquelle il aurait enfin le beau rôle promis autrefois par ses
parents. Il serait tour à tour bienfaiteur, justicier... et, les
yeux fermés, remédierait aux scandales ou aux catastrophes
annoncés par le journal parlé. Il retombe en enfance, une
enfance dichotomique et peureuse car, ni les déceptions
intimes, ni les ridicules divagations de ses rêves ne se
peuvent avouer au grand jour.

Thomas Bourgoin se sent différent.

Entre regrets et rêvasseries, il se demande ce qu'il est véritablement et à quoi ça peut servir d'être là.

Il a un paletot de bon droguet, un cache-nez de famille et des souliers montants. Il a même un foyer comme on dit et, par mauvais temps, les proches se rapprochent en écoutant le vent s'époumoner dans la gaine d'aération.

Parfois, son ancien travail de relieur le reprend. Il biseaute un carton, soigneusement, sur trois millimètres, avant de passer le papier de verre émeri fin (n°1) et alors il cesse de se demander ce qu'il a raté.

Quand il sort au grand jour avec son air effaré on dirait un hibou.

Thomas ressemble à un hibou.

Pour que la souriante boulangère ne s'en aperçoive pas il plaisante avec elle ou bien il énonce des banalités : « les jours rallongent, on va du bon côté ! » et, comme la commerçante renchérit sur l'avance des saisons, la conversation le rassérène, en donnant le change. L'âge venu, il se réfugie dans l'illusion mais peut-être cette manie de changer de personnalité avec le milieu lui vient d'être né sous le signe du cancer.

Thomas ressemble à un hibou et à un caméléon.

En cette fin de journée automnale, il s'est glissé dans une cour, parmi les spectateurs d'un récital. Sous un platane gigantesque, un plateau surélevé a été disposé devant des chaises pliantes.

Parmi les personnes qui prennent place, plusieurs du troisième âge. Le plateau devient une arche bordée d'écume blanche. Thomas se demande ce qu'il fait là, comme aux confins du monde, dans une mer d'incertitudes.

Surtout que la chanteuse annoncée est étrangère. C'est la « féline tchadienne » Mounira Mitchala.

Elle surgit brusquement sur les planches, dans un tourbillon de voiles orange brodés d'or, sourire étincelant dans le visage sombre recouvert de la chabaka, ce bonnet d'argent flanqué de pendentifs triangulaires qui tressautent avec les perles du collier d'ambre et de cornaline, au rythme de la calebasse et des modulations d'une voix rauque de toutes les gammes, d'une voix qui tour à tour feule ou gronde…

Ouf ! fait le public éberlué devant ce coup de sirocco.

Devant ce mirage.

Devant cette cage sans barreaux où la panthère ondule toute et se déhanche entre deux musiciens impassibles comme des servants. L'un pince une guitare peule à deux cordes nommée garaya, l'autre tient le tambour djembé sous l'aisselle. Ils crient « Ayyê ! » (Oui, bien sûr !) à l'étrange mélopée de la panthère d'amour ; Ayyê encore lorsqu'elle rugit sa révolte contre la famine en Afrique et les mariages forcés :

« *Celle qui épouse un vieillard / C'est comme si elle n'était pas née*

Que Dieu lui donne des ailes / Pour monter au ciel ! »

Lente, profonde ou brusquement sauvage, la voix de Mounira.

La voix de Mounira, avec ses hauts cris ou ses reprises rituelles portées par les griots.

Et voici, tout emmasqué et les yeux ronds, il bat lui aussi la mesure.

Thomas ressemble à un singe

Dans la cour maintenant ennoyée d'ombre, la lumière des projecteurs grime le tronc des platanes, rouille les feuilles. La vigne vierge du mur est le rideau cramoisi d'un théâtre.

Sur la scène blanche, un griffon ou un djinn ailé venu du désert se trémousse et fait patte douce, en soulevant la poussière et la poésie de Thomas.

Ayyê !

EN CAMPAGNE

Sur un côté de la maison et devant la porte d'entrée, le passage carrelé est parsemé de feuilles mortes.

Avec le balai, il s'applique à les rassembler.

Les feuilles veinées ont une couleur havane, jaspée de taches brunes. Beaucoup sont mouillées et adhèrent au sol.

« Alors, mon Colonel, on est de corvée ? lance un voisin

— Oui, oui… » marmonne le vieil homme en entendant la plaisanterie habituelle.

Il n'a plus toute sa tête, alors il ne la lève pas. Il nettoie, une à une, les rainures terreuses des carreaux disposés en quinconce. Puis il s'efforce de rassembler les feuilles, comme on fait, sur le tard, avec les souvenirs.

Les feuilles ressemblent à des mains ouvertes, avec leurs lignes digitées.

Le Colonel peine à décoller ces feuilles, ces mains venues du passé et gisant là, au fond de sa mémoire. Elles se tendent vers lui mais il ne peut les saisir nettement. On dirait qu'il cherche désespérément à rameuter une troupe effrayée par l'ennemi noir ; il ne parvient pas à ravoir les images de sa vie.

Alors il balaye soigneusement les rainures des carreaux.

Cet ancien dépôt.

Avec quel camarade était-il entré ?

Ces grandes salles aux meubles luisants, ces trophées dans les vitrines… Où donc était-ce ? En levant les yeux, on apercevait les étages supérieurs d'une sorte de tour. Ou de clocher… Du personnel s'activait en haut et en bas mais que manipulait-on en cet endroit ?

Lorsque le Colonel veut se rappeler, une ombre se couche sur chaque objet devenu improbable. Il revoit pourtant le militaire qui répondait aux questions à demi-mot. Énervé, il lui avait demandé, avant de partir, assez fort pour que tout le monde entende :

« Je vous dois combien ?

Non, non… rien… » avait bredouillé l'homme.

L'esprit du Colonel bat la campagne.

Alors il concentre son attention sur son travail présent.

Avec une petite pelle, il recueille la terre balayée.

Puis il passe une éponge sur l'orle des carreaux.

Puis il va marcher un peu autour du hameau. On voit ses cheveux blancs sur le chemin.

Voilà qu'il s'est arrêté...

Il regarde l'étendue du vignoble en pente douce avec, au loin, dans la brume, l'un des murs du cimetière.

Quelques croix font signe par-dessus : veulent-elles faire le mur ?

Mais des arbres sombres les surveillent.

PARENTHESES

« B^{run »}
Sa mère disait « l'ours Brun ». (Mais en fait la peluche de l'animal était dorée, un peu rousse ; des courtes pattes jusqu'à la bonne tête aux yeux de verre, tout son corps était couvert d'une toison soyeuse entre l'hyacinthe et le citron).

Sa mère disait « Bonjour, l'ours Brun ! »

On l'avait assis dans l'angle d'un fauteuil d'où il considérait avec bénévolence le va-et-vient du logis. (Il faisait partie de la famille et n'ignorait rien des faits et gestes car, en douce, l'enfant venait tout lui raconter).

Il aimerait bien avoir encore son confident.

Mais l'ours Brun n'existe plus.

Comme leur promesse du bonheur à venir ; (ce disque lumineux qui fascine le Faust de Rembrandt).

Comme la Dame de Salornay ; (à chaque arrivée du car Citroën du collégien, cette vieille femme apparaissait à la lucarne de son galetas. Aussi édentée que la Môme néant. Avec une sorte de guimpe noire sur sa tête blanche. Puis elle se retirait dans l'ombre, la croisée se refermait. La vie est un jeu de massacre avec des poupées à bascule, des créatures qui fugitivement existent. Ou se le figurent).

Comme aussi la douceur enchantée du jardin premier ; (d'une volée alentie, le petit escalier de la chambre ouvrait sur l'amorce d'une allée gardée par les poteaux scellés de l'étendoir, aussi fermes que les chérubins à l'entrée de l'Eden. Mais l'enfant savait qu'il pouvait entrer. Le terre-plein étoilé de fleurettes l'attendait. Les arbres familiers étaient sans défense. Là se tenait un temps immobile comme rêve dormant dans l'harmonie des couleurs et des bruits assourdis du voisinage. Au creux des belles après- midi, le soleil jouait avec le camaïeu des feuilles et des fruits, avec le crépi clair du mur ; les vitres faisaient des clins d'œil et les meubles de la chambre se doraient comme bois précieux…)

L'ours Brun n'est plus de ce monde. Il a dû sortir par la porte-fenêtre de la chambre. Sans doute est-il avec l'enfant de ce temps-là, dans le jardin premier. (On admet aussi, léans, les ours en peluche.)

COMMUNICATION

A Saint-Brieuc, vers le port du Légué, on prépare un feu d'artifice en enfonçant soigneusement dans le sable des tubes cylindriques comme des mortiers.

« Pour quelques instants de plaisir, il en faut des préparatifs ! dit Raoul, comme d'habitude à la recherche d'une bonne prise de vue.

— Oui, répond un ouvrier, le maillet à la main, c'est comme avec les femmes.

— Ca, c'est vrai, rigole le photographe.

— Je vois que Monsieur est connaisseur ! » Du coup, les artificiers éclatent de rire, en lançant un bouquet de plaisanteries pleines de brio (« le feu au derrière », « tout feu tout flamme », etc) qui fait s'éloigner les touristes.

Il faut dire que ce sont surtout des dames.

A l'hôtel, au moment de la rencontre, la présence de Raoul et de Thomas parmi ces retraitées en escapade dans les Côtes d'Armor a paru un peu ectopique. Cette mixité déséquilibrée n'allait-elle pas contrarier l'harmonie du groupe ?

Mais, au fil des excursions, Thomas constate que les voyageuses – seules pour la plupart – se moquent bien de l'harmonie du groupe. Chacune joue sa partition à sa façon, sans peur et sans reproche. Depuis longtemps, elles pérégrinent en France et à l'étranger : comme d'autres l'étaient en chevalerie, ce sont des "professes" du tourisme, avec des habitudes et un caractère point trop commode...

Emeline, par exemple, ex-enseignante en lettres classiques, connaît l'Italie, la Grèce, l'Anatolie qu'elle a traversée en stop. Toute voûtée, aussi modestement vêtue que la Pythie, elle a le visage ridé de la Mère Engueule qui se cachait naguère au fond des puits. Mais elle, vertuchou ! ne boit pas que de l'eau. A la fin du repas, l'autre jour, ses yeux brillaient drôlement et, à ce moment-là, il n'aurait pas fallu lui demander de traduction – elle a la bosse du latin – car elle aurait envoyé promener tous les passagers du bus et les Bretons avec…

Un autre phénomène, c'est Gavroche, surnommée ainsi pour sa dégaine, ses cheveux bouclés sous la casquette, la vivacité de ses critiques... Elle chicane le programme, rectifie les commentaires de l'accompagnatrice, rapporte d'innombrables anecdotes vécues au cours de sa longue expérience africaine ou asiatique de Médecin sans Frontières. C'est l'as de pique de la partie, elle fatigue tout le monde.

Une autre encore qui ne paie pas de mine, c'est la Lucie. Elle est menue, pâlotte. Au moment des visites ou des explications, elle reste discrètement au dernier rang du troupeau et cette créature effacée pourrait passer pour la plus obéissante brebis. Mais, en fait, c'est une chèvre curieuse qui n'en fait qu'à sa tête, toujours à l'écart pour aller fureter en douce, loin du pasteur... Ainsi, au moment de quitter l'Ile de Bréhat, les passagers de plusieurs tour-opérateurs attendent sur le quai ; mais Lucie n'est pas parmi eux. Elle n'a pas suivi le chemin normal, pour admirer comme tout le monde, l'émiettement brun de l'archipel, les cormorans pêcheurs, les palmiers des belles propriétés et les echiums fastueux, ces vipérines dont l'inflorescence attire les abeilles... Où est-elle encore ? Comment rejoindra-t-elle, après le départ du bateau ? Une Responsable a décidé de rester sur l'Ile pour la chercher... lorsque soudain des cris étonnés la désignent en train de sautiller de rocher en rocher sur le bord de mer, comme une mouette tridactyle au plumage gris clair. Etonnés, ravis par l'intrépidité de la petite vieille, les spectateurs du quai applaudissent. Ayant rejoint les siens, elle leur explique avec un doux sourire qu'elle s'est un peu perdue...

En voici trois mais plusieurs autres excursionnistes, enfermés dans leurs rites (comme Raoul, l'obsédé de l'objectif) ou dans leur identité culturelle (comme les deux Israélites inséparables) se montrent peu disposés aux échanges. Alors, Thomas prête l'oreille à des expressions ou des confidences différentes.

Il y a, d'abord, les mots étranges venus de la Région visitée et de son passé. Ainsi, "Boët Ar Hy" (nourriture pour chien) : quel nom singulier pour ce hameau situé non loin du temple de Lanleff où la fontaine est si profonde qu'elle permet, paraît-il, de traiter avec le diable.

Plus loin, voici Saint-Quay-Portrieux, charmante station balnéaire qui doit son appellation à l'ermite Sant-Ke que la Vierge aurait (autrefois) sauvé des battoirs des lavandières.

Plus loin encore, à Ploumanach, c'est Saint-Guirec qui montrait un nez de bois aux filles désireuses de se marier dans l'année : elles devaient y planter une aiguille. A présent, dans l'oratoire, on a remplacé le bois abîmé par du granit et Thomas voit qu'Emeline ou Gavroche auront du mal à se mettre en ménage…

C'est la Bretagne séculaire qui raconte ses croyances et ses peines, ses miracles et ses exploits, en mêlant de bonne foi l'histoire et la légende. L'histoire légendaire, par exemple, du clocher de l'ancienne église de Paimpol qu'un curé vindicatif a voulu démolir ou celle des marins de Ploubazlanec disparus en mer : le mur du cimetière énumère le nom des voiliers partis pêcher au large de l'Islande et jamais revenus : "Mère Eve, Renommée, Marie-Josèphe, Etoile de la Mer, Jolie Brise, La Brune, Adélaïde, Bonne Mère…"

Cela donne du vague à l'âme, n'est-ce pas ?

Un autre mur qui interpelle, c'est celui de la Chapelle Notre-Dame de Kermaria an Isquit, avec sa farandole de quarante silhouettes séparées par des squelettes au rire sardonique. Il y a peut-être un marin dans cette fresque macabre, mais aussi un roi, un cardinal, un médecin, un amoureux et même un enfant... Et l'on peut entendre la Mort s'adresser à chacun pour dire, en somme, que « tous les renards se trouvent à la fin chez le pelletier ».

Thomas semble percevoir des devis et des geignements d'outre-tombe. Il a envie de se purifier en se lavant les pieds dans une petite auge réservée, paraît-il, aux pèlerins. Plus tard, en débuchant des longues charmilles d'un jardin à la française, le château de Rosanbo lui délivre ce message lapidaire : « Ne vous laissez pas abattre par l'adversité ».

Victor Hugo avait raison : les paroles des Anciens nous parviennent d'une « Bible de pierre ». Parfois, c'est la sculpture qui est signifiante. Dans l'abbaye de Beauport, l'un des gisants clame qu'il est mort courageusement au combat car son épée nue repose en son milieu ; à côté, sa compagne a les pieds sur un lévrier en signe de fidélité : tous deux revendiquent pour l'éternité. Il faudrait être sourd pour ne pas entendre... D'autres fois, une statue grave la pensée. A Tréguier, devant la cathédrale Saint-Tugdual où dom Yves Hélory, saint patron de la Bretagne a son tombeau, un Renan ventripotent invite à s'évader des systèmes : « On ne fait de grandes choses, dit-il, qu'avec la science et la vertu ».

La science parle, en effet, comme la pierre. Par exemple, des exigences de considération sociale se manifestent dans l'environnement breton : telles les bigoudènes arborant leur coiffe « en pain de sucre », les maisons traditionnelles se fardent en entourant leurs ouvertures de granit. Mais les ouvertures seulement et sur la façade visible (comme les médailles sur la poitrine) car, du granit, émane le radon, un gaz radioactif plus lourd que l'air. On peut être fier, mais il faut garder raison...

Oui, des mots étranges fleurissent ou voltigent autour de Thomas. Chacun les cueille au vol, les épelle et s'efforce de les apprivoiser : Osteospermum blanche, hydrangea double rose, fuchsia avec clochettes, yucca qui aime la lumière, agapanthe aux hampes florales jaillissant comme l'amour... ou bien, dans les jardins de Kerdalo créés par un peintre, cette fantasmagorie végétale, ces plantations pareilles à des personnages grimés : arbre à perruque pourpre, fougère arborescente, pterocarya du Caucase au port étalé, chêne chevelu à l'écorce gris foncé avec crevasses couleur saumon, gunnera au feuillage gigantesque venu de la préhistoire...

Quel théâtre en plein air !

Et dans la réserve ornithologique des Sept-Iles, c'est encore une singulière effervescence de vocables pour faire le bec des ignorants : sterne pierregarin au bec rouge, puffin des Anglais au bec noir, macareux moine en livrée, noir et blanc, solennel comme un clown de mer, ou bien, sur l'Ile Rouzic, ces milliers de fous de Bassan à tête jaune qui se transmettent raisonnablement des informations sur les sites de nidification ou défendent leur vie privée dans une cacophonie insensée de cris gutturaux.

Au retour, sur le bastingage du bateau, un goéland argenté s'est installé. Son plumage palpite au vent mais il reste au même endroit, droit sur ses pattes orange vif, comme une allégorie pélagique. A-t-il une révélation à faire ?

Tout s'exprime, confie Thomas à ses voisins perplexes : la mer aux cheveux blancs respire sous la houle, elle s'amuse à nous surprendre en sculptant des roches de fantaisie et transmet des vibrations sonores pareilles à des chants comme les pierres sensibles du kymapetra... Tout communique dans le temps et dans l'espace !

Le goéland considère Thomas d'un œil rond et froid. Il l'écoute déblatérer, sans rien dire. Mais il n'en pense pas moins...

AINSI DE SUITE

Devant lui, sur le trottoir faufilé entre les voitures en stationnement et les hautes façades d'immeubles, le voisin avise Madame Lagoutte.

Elle marche lentement, à petits pas aussi gris que ses bas, son manteau et ses cheveux frisottés.

Madame Lagoutte est toujours tête nue malgré l'âge avec, sur le visage, une expression de puéril émerveillement figé comme un navire au bas ris.

Seuls, les yeux sont mobiles en diable, toujours sur le qui-vive et prêts à fuir derrière un air de politesse ravie ou d'appréhension ou de détestation...

On ne sait trop.

Le fait est qu'il est difficile de croiser son regard.

Il est même difficile de croiser sa personne car elle change d'itinéraire en apercevant un habitant du quartier qu'elle connaît. Ou alors elle ne le regarde pas. Et cela met l'habitant dans l'embarras. Il sait par expérience qu'elle ne répondra pas à son salut bien qu'ils aient déjà pris langue ensemble. L'habitant est embêté :

Que lui a-t-il fait ?

Qu'est-ce au juste que cette pimpesouée qui ne prête attention, paraît-il, qu'à ceux qui l'obligent ?

On dit qu'elle vit seule. Elle sort le dimanche matin.

By god, c'est peut-être une bigote visionnaire et acrimonieuse...

Le voisin se souvient d'une bichonne qui laissait les femmes caresser ses poils ondoyants et qui s'enfuyait lorsqu'un homme ouvrait la grille de la cour : selon le propriétaire, l'animal avait dû subir de mauvais traitements avant d'arriver chez lui.

Le voisin suit sa voisine en se demandant si les hommes ont fait souffrir cette abigotie. Est-elle maintenant repliée sur elle-même, ratatinée comme un pruneau confit ? Est-elle encore vivante ?

Suivre la mort, dame, cela fait peur !

Notre mort, nous ne pouvons l'imaginer, ni même la croire possible ; tandis que la mort des autres, c'est l'absence sur nous de leur regard, grâce auquel nous existons : Si Madame Lagoutte ne me regarde pas suis-je encore de ce monde ? Cette automobile, le concierge portugais avec son balai, là-bas, sont-ils réels ? Après tout, l'au-delà n'est guère connu ! Le concierge a l'air pacifique mais c'est peut-être une apparence : depuis les tortures constatées par Dante dans son Enfer, jusqu'aux malédictions que Victor Hugo prête à l'obi Habibrah (*Vos esprits seront condamnés à tourner sans cesse une meule grosse comme une montagne dans la lune où il fait froid)*, on nous en promet de belles !

Heureusement, se dit le voisin en entrant chez lui, ces aimables perspectives sont imaginées par des hommes aussi ignorants que nous en ce domaine.

Et puis, dans sa cuisine, le fumet de la blanquette (au vin blanc) est si ragoûtant que ses idées se désopilent en lui purgeant la rate de ses humeurs mélancoliques.

UN VIEUX TAPEUR

Un dimanche matin.
Il revient, content, avec sa baguette de pain.

La rue était froide et les trottoirs verglacés mais, par endroits, vernis de lèches de soleil. Il était trop tôt pour entendre les cloches des églises.

« Bien cuite, comme d'habitude ? » a souri Anne-Maël en choisissant la plus croustillante des flûtes dans une claie en osier.

La boulangère est charmante.

Sous son tablier Pise, on devine les rondeurs de sa poitrine. Ce matin, la peau de son cou était poudrée de farine. On aimerait pétrir tout cela...

Mais bon.

Elle est sans doute polie avec tout le monde.

En tout cas, elle est plus amène que la bouchère (dont le duvet de la lèvre supérieure ombrage le creux de l'ange...)

Elle vient de Saint-Vallier. Il se demande si c'est en Bretagne. Et si, là-bas, elle était déjà boulangère.

Plus tard, il s'assied devant la table de son bureau et allume son ordinateur portable. Il ouvre une page du traitement de texte et tape le titre :

« Anne-Maël de Saint-Vallier ». Il varie la police, le style, la taille des caractères ; il fait des effets de couleur... Un nom pareil, cela fait de l'effet. Puis il l'encadre. Il coche « clignotant » dans une fenêtre et voilà qu'Anne-Maël lui fait des coups d'œil comme une star sur une affiche électrique. Il nuance son arrière-plan. Il la surligne, il la farde.

Il pourrait même l'enregistrer et l'emmener partout avec lui.

Il a acheté cet ordinateur pour faire comme les autres. C'est tout de même autre chose que l'ancienne machine à écrire.

Sur l'écran, il tape : « Ma femme va bientôt revenir de la messe ».

Il tape aussi : « Je suis comme les autres ».

Mais les innombrables instructions que l'ordinateur peut comprendre se prêtent mal aux nuances du langage humain. Pour pénétrer cette montagne, il faudrait une souris domestiquée. Alors il se contente d'écrire des phrases pour lui, des phrases pareilles à ces paroles qu'on prononce et que personne n'écoute.

Il tape : « mais je suis différent »

Ensuite, il va dans la cuisine et se prépare un jus d'oranges qu'il déguste en regardant par la fenêtre. Le sol de la cour est sec. Un air d'enfance lui revient : « *Adieu l'hiver morose, au gai vive la rose* ». Cet air est imprimé en lui, alors il ne risque pas de s'envoler comme le nom d'Anne-Maël qui bat de l'aile sur l'écran.

Il tape encore : « Le présent est sans âge ».

Puis, à l'arrivée de sa femme, il tape en minuscules : « La souris danse quand le chat n'est pas là ».

Après quoi, il efface tout en se rappelant l'ardoise magique qu'il avait à l'école.

Il y a longtemps.

CIRCULATION

112 ! Celle-ci est suisse...

113 ! Un Parisien, évidemment... Des Hauts de Seine...

Emmanuel Paillard - employé depuis vingt ans dans une fabrique de tissus de la conurbation d'Auxerre – profite du beau temps pour partir à la campagne.

Il roule sur l'autoroute A6 en comptant les automobiles qui le dépassent et en disant parfois : la nature a des teintes aussi nuancées qu'un Lurçat.

Son épouse regarde alors le jeu du soleil dans le sous-bois qu'on devine plein d'humus, de mousse, de feuilles humides.

Lui, regarde la route.

114 ! En voilà encore une qui n'amuse pas le terrain, dit-il.

Il respecte les limitations de vitesse. Toutes les voitures qui l'ont doublé depuis une heure sont en infraction.

Il est originaire de Saints. Ses filles l'appellent le saint homme.

Il aime l'ordre sécurisant. A l'armée, il était discipliné. Les normes et les valeurs en cours à la caserne étaient claires : il suffisait de s'y conformer pour avoir l'esprit tranquille et penser librement à n'importe quoi. Il a un bon souvenir de l'armée et regrette la disparition du service militaire obligatoire.

Sur l'autoroute, c'est pareil, on est protégé par toutes sortes d'ouvrages : bandes sonores latérales, glissières de sécurité... panneaux lumineux qui dispensent des conseils personnalisés (*Je roule moins vite : j'économise l'énergie*). Mais nombre d'automobilistes narguent les garde-fous. Selon Monsieur Paillard, la voie de gauche est confisquée par les étrangers, les Parisiens, les jeunes "dans le vent"... et (comme la voie de droite est monopolisée par les camions) il ne s'écarte guère de la voie centrale. Son épouse est habituée.

115 ! Et allez-donc ! Avec une queue de poisson !

Où donc est la police radarisante ?

Dans le commissariat de sa localité, les agents arrivent en civil à six heures du matin et s'en vont à treize heures. Ils marchent vite, la rue ne les reconnaît pas. Ils pensent à la famille, au tiercé ou à une réflexion de leur supérieur. Entre-temps, ils portent un blouson bleu foncé (avec un écusson), des rangers et une casquette. Les agentes ont parfois un chapeau. Depuis l'atelier, le tisserand les voit se diriger vers le Peugeot Expert muni du cinémomètre ; ils finissent de s'équiper, ils ont encore à la main le brassard ou une bombe aérosol.

Parfois, on les voit rire dans la cabine du véhicule.

Ils sont de service un samedi sur deux et leurs dimanches sont payés en heures supplémentaires.

Ils assurent une relation de proximité avec la population. Lorsque des passants déroutés s'adressent à eux ils se sentent utiles. il y a des agents près des écoles et, de temps en temps, autour du foyer social de la cité.

Leur métier est nécessaire mais difficile. Les gens ne sont pas reconnaissants et applaudissent le débrouillard. Les voitures stationnent n'importe où, les personnes âgées ne sont plus en sécurité sur les trottoirs accessibles aux cyclistes et des ados se cagoulent.

Il y a des agents qui patrouillent lentement dans le parc en se racontant des histoires et d'autres qui se cachent au bord de la route pour attraper leur content de contrevenants. Ils ont le choix.

Un jour, Monsieur Paillard a été choisi. Au débouché d'un village, il avait dû patienter derrière la barrière d'un passage à niveau et lorsque les barreaux de la cage se sont relevés, il a pris son envol trop vivement, en dépassant 50 km/h, comme un canard sauvage (ou comme un pigeon). Les agents en embuscade lui ont retiré 90 euros et, deux mois après, le chef du service du fichier national (auprès du ministre de l'Intérieur) lui a retiré deux points sur son permis de conduire. J'ai du plomb dans l'aile, a dit alors le tisserand.

116 ! Tiens, un Bourguignon pressé, un Bourguignon salé... De Côte d'Or ...

Sa femme connaît l'antienne de saint Emmanuel : Au volant, c'est impossible de bien se conduire, sans la moindre faute. Les infractions sont si nombreuses, les fausses notes si abondantes que les agents tirent les canards (ou les pigeons) à la venvole. Ou bien les laisse filer...

Cela procure un sentiment d'injustice.

117 !... 118 !...

Regarde la pourpre de la vigne vierge, on dirait une tapisserie de lisse parfilée de lumières.

Ainsi parle le tisserand circulant sur la voie centrale.

Mais le fil floche de ses pensées est noué de ressentiments.

EN GARDANT LES MANTEAUX

Comme chacun sait, la clémentine est un agrume dont la peau devient rouge orangé en hiver. C'est aussi le prénom de Madame Paillard qui est entrée dans un magasin Casino.

Elle a voulu venir dans ce magasin isolé car on y trouve des produits bio.

Son mari Emmanuel l'attend sur le trottoir terreux, à côté de trois présentoirs métalliques de quelques journaux avitaillés : *Paru- Vendu, L'Immo, Top Annonces.* Il lit les titres. Le présentoir porte aussi l'inscription : *Servez-vous.*

Devant le magasin, sur le trottoir, il n'y a rien que les présentoirs. Ce Casino est le seul du quartier. Il est en bas d'un immeuble en barre de la longue rue Maurice Ravel. La rue Frédéric Chopin lui fait face, avec des maisons individuelles dont le toit avance sur la fenêtre d'étage ; cela leur donne un air sourcilleux. Elles se ressemblent toutes.

En attendant Madame Paillard, Monsieur Paillard considère ces rues propres et à peu près désertes.

Des véhicules sont en stationnement.

Dans la rue Maurice Ravel, des haies de thuyas persistants forment des murs végétaux uniformes.

Les dernières traces de neige surlignent la base des habitations ou des arbres dégarnis de la rue Frédéric Chopin. On voit le réseau des rameaux noirs qui innerve le ciel sans couleur ni palpitation autre qu'un fugitif envol de freux.

Au loin, de temps en temps, une voix sourd comme une goutte de musique.

La température est basse. Heureusement il n'y a pas de vent.

Monsieur Paillard a froid aux pieds.

Il bat la semelle en surveillant la devanture bordurée d'une bande de tissu publicitaire portant l'inscription : Viva la vie.

Soudain la porte battante ouvre sur deux gars rigolards et turbulents.

Ils ont des blousons de marque "Energie" à cols montants et des bouteilles de coca à la main. Ils s'éloignent bruyamment en direction du Centre Social (Annexe 2) de la rue Maurice Ravel.

Le jaillissement des garçons semble avoir débouché l'entrée car Clémentine les suit avec son sac à provisions.

En revenant, l'attention des époux est attirée par l'activité qui entoure les gros nids de certains arbres. Dans plusieurs de ces nids, on aperçoit la silhouette immobile de volatiles au bec jaune.

Ce ne sont pas des corbeaux, déclare Monsieur Paillard, ils ont le dos gris cendré !

Ah certes non ! Ce ne sont pas des corbeaux, ces grands oiseaux qui surviennent, une brindille dans le bec. Qui planent – ailes falquées et longues pattes – et se posent tout doux sur la branche, pareils à des aristocrates précautionneux...

Des cigognes ? Ici ? s'écrie Madame Paillard, en prenant à témoin un habitant qui les observe du haut de son balcon.

Non, Madame, ce sont des hérons. Ils viennent couver là car la rivière n'est pas loin.

Toute confuse de sa méprise, Clémentine est devenue rouge orangé.

Ce qui est normal en hiver...

LE STAGE

On les attendait.

Avant d'ouvrir la salle de formation, on leur a indiqué le distributeur de café et les WC. Ils ont dû ensuite se munir du carton blanc préparé à leur intention et affichant leur prénom en gros caractères noirs.

Maintenant, ils se trouvent une vingtaine, assis derrière des tables métalliques disposées sur trois côtés d'une salle rectangulaire. Aux murs, des tableaux montrent des figures géométriques versicolores comme des planches de tests projectifs.

Sur chaque table, des feuilles de papier (avec un stylo-bille) et le carton d'identification : Sylvain, Thierry, Yan, Ayoub, Abdelaziz, Christelle, Jonathan, Anouar... Des jeunes gens, surtout.

Maintenant, on ne peut plus se cacher, ni faire le malin.

On est là.

Derrière le bureau, un couple d'instructeurs fait face à cette assemblée disparate. On va attendre les retardataires, dit l'homme.

Alors, on attend.

En se tenant coi.

On ne sait jamais. Dans l'Empire romain, un « silenciaire » veillait au respect du silence, dans certains lieux...

La collègue du bureau trace des colonnes sur un cahier. Au bout d'un instant, elle lève la tête. Elle a une bonne tête. Avec des lunettes. Elle demande : Vous avez trouvé le Centre facilement ? Puis, comme personne ne pipe mot : Je vais vous distribuer un formulaire à remplir.

Emmanuel se demande s'il faut répondre Merci Madame quand elle lui tend l'imprimé, en faisant le tour de la classe.

Elle est en blue-jean, avec un corsage à fleurs bordeaux.

Elle dit : Ceux qui ont commis une infraction pendant le délai probatoire cochent la case 2. Qu'est-ce que "le délai probatoire" ? Emmanuel sent la flétrissure de son état de contrevenant ignare.

Vous êtes ici au Centre de formation « Notre Dame Sécurité Routière », explique-t-elle. Vous connaissez les horaires : 8h30 à 12h30, 13h30 à 17h30. On vous demande d'être assidus et de participer.

Puis, pour adoucir ces durs propos et dissiper les doutes, elle confirme que le distributeur de café et les WC sont situés à droite en entrant.

C'est l'instant que choisit une dernière stagiaire pour entrer furtivement ; elle est boulotte et mise comme les quatre chats ; elle hésite puis roule jusqu'à la table et le carton portant son nom : Marjorie.

Un silence suit. Puis l'instructeur prend fermement la main : On veut votre présence physique et mentale, dit-il. Donc fermez vos téléphones portables ! Quels sont ceux qui ont reçu la notification préfectorale 48 SI invalidante ? Quels sont ceux qui ont déjà fait le stage ?

(Ceux-là, ce sont les redoublants, les écoliers « vétérans » comme on disait autrefois, les mauvais élèves, quoi, de cette école privée !) Emmanuel n'en mène pas large. Dieu merci, pour lui, c'est son juvénat, sa première « démarche de sensibilisation » et il n'est pas encore invalide...

Ici, poursuit le maître, nous n'insisterons pas sur l'accidentologie, nous ne montrerons pas d'images violentes. (Le rétroprojecteur installé sur le pupitre de la chaire proposera-t-il des exercices ? Des jeux vidéo ?) Ma collègue et moi sommes formés en sécurité routière et en psychologie du comportement : nous voulons surtout vous prévenir sur les risques de perte de points liés aux contraventions ou aux délits routiers. Et vous conseiller pour la gestion de vos points.

Un point c'est tout, songe Emmanuel, accablé par l'évocation de séquences délictueuses et sanglantes. Un point c'est la vie. Douze points, c'est la bonne santé. Tous ici, hélas, sommes des éclopés, des diminués, venus pour subir une transfusion reconstituante de quatre points.

La maîtresse explique alors que le stage est mentionné au troisième alinéa de l'article L 223-6 du code et qu'il est destiné à éviter la réitération des comportements dangereux.

Elle parle d'une voix douce mais l'effroi doit se lire sur les visages des disciples car elle ajoute (en français) : Vous savez, l'erreur est humaine. Au volant, moi-même, j'ai de la peine parfois à gérer ma fatigue.

Le maître opine du chef. Nous sommes des individus lambda, dit-il. C'est vrai : il est en blue-jean aussi et en blouson comme un conducteur de base ou un brave « pilote ouvrier »...

Il indique que sa consœur se prénomme Corinne ; puis il confie avec componction : moi, c'est Lionel.

En effet, c'est le moment de la confession générale.

Chaque stagiaire est invité à exposer sa situation. Publiquement. En faisant fi de toute crainte ou vergogne. Sans rien celer (pour pouvoir espérer s'amender).

Chacun a la parole.

A tour de rôle.

Je suis un cas pathologique, explique l'un des malheureux ; (il n'a plus qu'un point de survie). J'aime le risque. J'ai besoin d'une autodiscipline.

Moi, dit Rachid d'une voix lamentable, je suis en suspension administrative et mon dossier est au tribunal. En vérité, celui-là est à l'article de la mort...

Mon dieu, quelle horreur ! pense Emmanuel.

Heureusement, les actes peccamineux de certains sont moins graves. Si ce chauffeur routier (qui parcourt cent mille kilomètres par an) ou cet entrepreneur sont là c'est que leur profession exige un certificat de bonne conduite en bonne et due forme.

Plusieurs avouent, non sans réticences, que c'est l'alcool qui a causé leur perte (de points). Marjorie baisse les yeux pour dire qu'au surplus son assurance n'était pas en règle : elle a perdu six points d'un coup ! Et vous n'avez pas usé de vos charmes ? demande Lionel. Le directeur de conscience essaie de stimuler les autocritiques. Ah ! il ne nous avait pas tout dit ! lance-t-il à Jonathan qui vient d'admettre un délit de fuite.

A ce moment, Thierry lève le doigt pour aller aux WC.

Puis on écoute ce pauvre Anouar, électricien de son état, qui avait, ce jour-là, beaucoup plus de 0, 5 g d'alcool dans les veines : J'ai pas fait gaffe ! marmonne -t-il.

Corinne en profite pour commenter longuement les Tables de la Loi. Elle encense les 75% de Français qui ont conservé leurs douze points. A partir du moment où l'on essaie de comprendre le code, explique-t-elle bénignement, on a plus de facilité à le respecter. Moi, cela me réjouit d'être en règle ! Elle n'en finit pas. C'est un robinet d'eau tiède. En baissant la voix pour aiguiser l'écoute, elle récite la litanie des fautes et des peines encourues. Et c'est grand pitié de voir cette confrérie de pénitents dolents et contrits écouter son prêche.

Cependant l'un d'entre eux a l'esprit gourd : c'est Ghislain, un agriculteur de peu de points que la sainte parole endort...

Lionel le fait sursauter en lui demandant brusquement : Et vous, qu'est-ce que vous aimez dans la conduite ? Et, comme le misérable a la langue qui fourche, les piques du sermon s'en suivent :

Ainsi, gronde le pasteur, vous prenez le panneau 90 pour une obligation de vitesse ?

Et l'on se fait plomber la truffe, convient Ghislain le vilain, en se battant la coulpe.

Emmanuel tâche de suivre l'office et d'interpréter la situation. Cette salle de formation, est-ce la vallée de Josaphat et du Jugement dernier ?

Et ce Lionel ordinaire, n'est-il pas l'Egyptien Thot, greffier des Dieux et juge peseur d'âmes ?

Emmanuel le regarde, en essayant de voir s'il a une tête d'ibis...

TABLEAU D'AFFICHAGE

Maintenant, il est couché dans l'un des trois lits, celui le plus proche de la fenêtre.

Il est tout nu dans une méchante chemise à lacets attachés dans le dos, comme son voisin de gauche sans doute qui regarde, sur l'écran d'une télévision suspendue, les images muettes du monde extérieur, du monde d'outre-hôpital.

Ils ne sont que deux dans la chambre. Le troisième lit, placé en face de la porte d'entrée, est inoccupé. Tout à l'heure, en se dévêtant derrière le rideau du coin d'intimité, Thomas a marmonné : On se met à poil là-dessous ? et le voisin a dit oui. Laconiquement.

On a entouré leur poignet d'un bracelet de tissu blanc. Thomas relit les inscriptions du sien : nom, adresse et date de naissance, jour d'entrée, numéro de sécurité sociale et numéro de dossier : ils sont recensés comme des déportés.

Que faire maintenant pour s'occuper l'esprit ?

Thomas considère les quatre plafonniers lumineux et, devant lui, les trois placards métalliques réservés aux effets des patients. Ces placards s'appuient à une cloison de séparation avec la cellule voisine dans laquelle viennent de s'installer bruyamment deux compagnons de misère. La cloison légère et les placards sont moins hauts que le plafond. On peut entendre les échanges.

— L'heure c'est l'heure, grogne l'un des arrivants, c'est pas parce qu'ils ont bac plus huit qu'ils doivent se prendre pour des cadors. Je suis venu à l'ouverture et maintenant, il faut poireauter pendant des plombes !

— C'était pareil il y a cinq ans, dit l'autre, en déviant vers des remarques techniques, je n'avais pas voulu qu'ils m'endorment. Chacun son truc. Je voyais ce qu'ils faisaient. Ils m'ont enlevé des polypes.

— Ce qui m'emmerde le plus, continue le premier, c'est qu'on est à jeun depuis vingt quatre heures, après avoir ingurgité deux litres de cet infect phospho-soda ! En voilà une denrée qui remue les boyaux ! En plus, pour ce soir, j'ai pas d'argent : je suis venu en touriste !

En somme, ce sont les vacances, les vacances du Saint-Siège, songe Thomas qui ressent de mêmes tiraillements causés par la vacuité de l'estomac.

Heureusement, une jeune infirmière fait diversion, en apportant des cachets roses décontractants. Cela vous aidera à patienter, sourit-elle.

Elle passe de chambre en chambre comme un ange dans la salle d'attente du purgatoire.

— Elle est sympa, la petite ! dit l'une des âmes, par-delà la cloison. En interrogeant aussitôt, avec une sainte équanimité :

— Vous êtes en Retraite, vous ?

— Oui.

— Depuis longtemps ?

— Quatre, cinq ans...

— Moi, je m'ennuie pas du tout ; j'habite à la campagne, après Quetigny.

— Moi, rétorque le grognon, Brazey en Plaine. J'voulais tout vendre pour aller vers Sombernon ; (ma famille maternelle est de Vielmoulin). J'ai toujours bien aimé cette région. Ma femme a pas voulu vendre. Moi, j'aime la nature, la chasse, la pêche, j'ai beaucoup de copains, là-bas. Dès que possible : vélo ! campagne ! Ma femme a pas voulu...

On devine l'âme tourmentée du grognon qui s'efforce, pourtant, de relancer la conversation :

— Quetigny, je connais pas beaucoup. Mais il y a des endroits calmes, là-bas, il me semble ?

— Oui, oui, confirme le plus serein, je suis comme vous, j'aime guère la ville. J'ai habité quinze ans à Dijon et je m'y suis jamais plu. Il paraît qu'hier, aux Grésilles, ils ont caillassé un bus !

— Moi, y m'ont piqué la glace du rétro. J'ai porté plainte ! Je me sers beaucoup de cette bagnole. Je l'ai achetée dix mille euros : elle avait que soixante-quinze mille kilomètres. Avant, j'avais une 900 Michio. L'hiver dernier, impossible de la démarrer. Je vais à Semur et tant qu'attendre je r'garde les occases. Cette C5 de trois ans m'a tapé dans l'œil. Citroën, je sais pas pourquoi, il a fallu que j'en ai une pour aimer. En tout cas, sur trois ans, elles ont une décote plus forte. Mais j'vais pas dans les grands magasins.

— Moi non plus. Je vais dans un petit, au nord de Dijon.

— Dans les grands, avec leurs ordinateurs y trouvent pas les pannes.

— Dans les petits, y trouvent les pannes.

Thomas, bien sûr, ne voit pas les interlocuteurs mais il suit leur dialogue plein d'enseignement. Il n'en perd pas une miette : quand on est à jeun, n'est-ce pas... Et le grognon continue de tailler la bavette.

— Vendredi soir, après mes achats chez LIDL, je mets la clé de contact : gerbe d'étincelles, un vrai sapin de Noël ! Impossible de fermer la voiture. J'ai dû tout vider. Le copain m'a dit prends ma voiture...

— Ça coûte cher un ordinateur de bord !

— A Dijon, ils ont dû changer tout le tableau... Quelle poisse !

Le serein positive en expliquant que son beau-frère travaille chez Peugeot :

— Il a un Boxer Combi et moi une 3008. C'est du solide. Tu la laisses deux mois dehors, tu vas la chercher : elle démarre ! En plus, le coffre est spacieux ; quand je vais voir ma fille boulangère-pâtissière dans le Loiret (à Nogent-sur-Vernisson), on revient plus chargé qu'à l'aller ! On en ramène, on congèle...

— Y'a du gibier là-bas.

— J'y retourne bientôt car le Bof arrose sa retraite !

Ce mot pique le grognon qui grogne :

— Ah, la retraite ! Moi je dis pourvu qu'on puisse en profiter longtemps ! Je comprends pas que certains s'ennuient. J'ai commencé à bosser à dix-sept ans dans le pays (l'atelier à la sortie du bourg). On faisait des mélangeurs en inox. En 99, on était encore cent dix. Maintenant, y sont plus qu'une trentaine. Des actionnaires suisses ont acheté. Chômage technique pour les autres. Tu resteras chez toi, on t'appellera si on a besoin de toi !...

— Oui, énonce l'âme sœur, et cela peut durer longtemps, autant que les impôts !

Curieusement, cette doxologie compatissante attendrit le mélangeur en inox qui se met à régresser vers des souvenirs d'enfance, comme on fait dans les bilans psychanalytiques ou bien, paraît-il, dans les toutes dernières extrémités :

— J'ai eu plus de copains là-bas qu'à Brazey. J'étais heureux. Ma femme me dit tes copains tu les auras pas toujours ! J'allais chez ma grand-mère, près de la scierie. J'ai pêché la truite dans des trous grands comme le placard ; c'était pas de l'élevage, ça !

— Maintenant, les rivières sont pourries, opine le serein.

— On pêchait à la fourchette. La grand-mère disait Encore ! Elle aurait pu donner ou jeter mais non, elle gardait, elle défaisait tout ! Mon père pêchait à la main. Ça se faisait beaucoup. A cette époque, on n'avait que le dimanche de repos, alors le seul plaisir était d'avoir le cul dans l'eau pour la friture. C'est lui qui m'a appris...

Une flaque de silence se répand.

La voix rocailleuse de son voisin de gauche tombe là-dedans, en surprenant Thomas autant que le fut Champlain par le Gougou, le monstre de la baie du Golfe du Saint Laurent :

— Au Québec, moi aussi, j'ai pêché la truite et le brochet et la ouananiche dans les rivières du Bas-Saint-Laurent... J'ai pêché à la mouche ou au lancer léger dans des bateaux à fond plat appelés "doris", vers le lac Témiscouata et sur sa rivière... Tabernacle ! On en pigeait autant !

— ... Vous êtes Canadien ?

— de Dégelis.

Maintenant il tourne le dos, avec humeur, semble-t-il. Comment dégeler ce pauvre pêcheur étranger ?

Heureusement, derrière la cloison, le grognon a repris le récit de ses aventures et Thomas s'empresse de les suivre car elles sont bien de chez nous, ces histoires-là, et puis elles ont de la saveur.

— Pendant mes déplacements, j'ai habité aussi au-dessus de Montbard. C'est moche là-bas et ça change pas ! Mais quand on monte aux Bordes par Savoisy y'a un troquet. Un jour, j'arrive pour boire un coup. Je tombe sur un plein cageot de morilles apportées par des gamins ! Avec, le chef nous a fait des œufs pochés, en ajoutant un trait de vinaigre à la sauce pour donner du goût. Deux heures après, j'étais encore là-haut !

— Dans le coin, on est pas loin de Jailly, on peut chasser, non ?

— Par contre, l'hiver ! Quand je voyais la neige en allant au boulot, je faisais demi-tour ; j'allais pas prendre le risque de me casser la figure pour aller bosser !

— Je suis allé du côté de Saulieu. C'est beau, Saulieu !

— C'est pas pareil, c'est plus boisé.

— Ah, oui : des sapins ?

— Faut pas y aller l'hiver.

Ainsi passe le temps.

Le temps des pénitents.

Nus et purgés, dans un lit, on en apprend des choses, songe Thomas.

— Quels babillards ! s'exclame-t-il

— Au Québec, dit alors le voisin, un babillard est un tableau d'affichage.

A LA BRUNANTE

Monsieur Bourgoin aime les belles fins de journée qui diffusent angoisse et espérance intimement mêlées. Il retrouve la texture de sa première vie, la toile neuve aux mailles de nitre nouées d'appréhension et l'enveloppant comme peau vivante.

Est-ce vrai que l'on change constamment ?

Pourtant, à la fin de ces belles journées, Monsieur Bourgoin retrouve l'ivresse inquiète de sa jeunesse. Avec moins d'agitation dans les nuages, sans doute. Une jeunesse apaisée (il n'a plus peur de sa peau) ; mais il se reconnaît, il pourrait se parler avec amitié, essayer de se rassurer.

Il pense qu'il manque de maturité. Il n'a pas mûri. Voilà. C'est ça.

Il sert toujours le même dieu Hermès lequel, comme chacun sait, patronne aussi bien l'adolescence que le crépuscule.

Et, sur la Place qu'il contemple dans l'après-midi déclinante, la composition du décor lui semble équilibrée.

Autour des jets d'eau impétueux du bassin central, des flâneurs tournent lentement ou s'arrêtent sur les bancs.

Sur le feuillage sombre de l'arrière-plan, la girandole aquatique détache ses faisceaux laiteux. On dirait une gigantesque fleur au calice évasé disposant ses pétales liquides autour du pistil qui jaillit droit, puissant, exalté comme une exclamation jaculatoire. Et ce geyser de haute tenue a le même élan que l'église qui pointe, là-bas, au-dessus des arbres. Alors, sur le ciel d'occident encore vaguement ensoleillé, le coq, la girouette et autres ornements en fer forgé (ceux que l'on appelle "les compagnons célestes") inscrivent leurs fins profils à l'arrière de la fusée d'eau dont les dernières gouttes semblent retomber à regret, comme font les étoiles d'un feu d'artifice.

Cela transporte, cette féérie, cela stimule, n'est-ce pas ?

Monsieur Bourgoin s'émerveille de l'harmonie du tableau. Sur le fond de l'air en demi-teintes, à côté des lignes verticales, il voit aussi le kiosque à musique dessiner l'arrondi de sa coupole dorée tandis qu'une chiffonnade de brumes grises s'allonge au couchant.

Puis, en douce, insensiblement, le débit de la fontaine diminue à mesure que le soir approche. Les contours s'estompent. Sur la circonférence, plusieurs colonnes d'écume à la blancheur trémulante ondoient encore et leur silhouette de taille humaine fait penser à des pleureuses échevelées.

Monsieur Bourgoin se trouble en se demandant ce que cache ce beau sfumato.

« Le soir est comme une trêve mélancolique », dit l'Étranger de Camus.

C'est un répit parce que, dans cette luminosité vague, les choses s'accordent, se fondent en notre intime. Mais aussi – comment l'oublier – ces choses vont disparaître « dans une tendre indifférence ». C'est dans une cellule de condamné que veille Meursault.

CAVALIEREMENT

Monsieur Paillard sort tout ébouriffé de "l'Espace Vidéo".

Il vient d'être mis à la porte du magasin par Charlie, le nouveau gérant.

Un homme trapu. Avec une queue de cheval et les paupières noires des putains andalouses.

Un brun d'allure ardente et de caractère ombrageux.

Monsieur Paillard a déjà fait des achats à l'Espace Vidéo. Il connaît le box et, civilement, il caresse le vendeur dans le sens du poil en expliquant qu'il a vu sa publicité dans le journal. Avec les enfants, c'était très bien. Charlie est content, il a les oreilles en avant. Emmanuel se sent en confiance. Il demande le prix des disques compact et, posant que la vérité est le meilleur manège du monde, il se permet de dire qu'en grandes surfaces c'est beaucoup moins cher...

La remarque pique Charlie au vif.

Et le voilà qui prend le mors aux dents : Si vous êtes venu pour me dire ça, éructe-t-il, vous pouvez partir ! Allez ! (il ouvre la porte d'un geste théâtral) Si vous les trouvez trop cher allez chercher ailleurs ! (il tend le bras vers la sortie tel Néron s'en prenant à Britannicus).

Sa bouche est déformée. Elle écume peut-être un peu.

D'abord désarçonné, Monsieur Paillard répond qui, répond que...

Il tente d'expliquer qu'il ne faut pas entendre malice à son propos.

Il parle tout doux à l'animal qui s'emballe encore plus.

Pour ne pas recevoir un coup de pied, mieux vaut quitter la boutique.

En s'en allant, Emmanuel se dit qu'autrefois le quartier était plus accueillant. Ne serait-il pas temps d'aller voir ailleurs ? C'est vrai que la politesse ne se trouve pas sous le pas d'un cheval.

Pourtant, affirme Henry de Montherlant, « N'avoir que des amis est bon pour un commerçant ».

Emmanuel pense que Charlie devrait changer de métier...

LA DERNIERE CROISIERE

En quittant la ruelle pour passer sous le porche , Thomas sait qu'il s'apprête à gravir un escalier interminable (plus de mille marches, dit-on) pour accéder au bastion Saint-Jean, en haut des murailles de Kotor. Le porche est surmonté d'un lion vénitien. Son grand-père Emilien lui a dit que cette ville – comme beaucoup d'autres cités visitées, cette semaine, au cours de leur cabotage le long de la côte adriatique – a subi l'influence de la Sérénissime.

Il paraît que Mussolini proclamait (avec un mouvement du menton) : "Partout où se voit un lion vénitien, c'est l'Italie !"

Et, des lions, Thomas en a vu ! Parfois seul, avec un livre ouvert (en signe de paix) comme à Koper ou en train de dévorer un mouton (à Split). Lion ailé (soulevé par l'Esprit Saint) à Zadar ou, au contraire, bien fatigué sur l'escalier à rampe ouvrée d'un monument de Sibenik.

D'autres fois, à l'entrée d'édifices religieux, l'animal supporte la sculpture d'Adam et Eve mais, là encore, les poses sont variées. A Sibenik toujours (à Saint-Jacques), le lion lève la tête mais reste assis tandis qu'à Trogir celui de Saint-Laurent est sur pied et n'a pas l'air commode. Sur le portail de ces deux cathédrales, Adam et Eve sont fort pudiques dans leur nudité alors qu'à Saint-Marc de Korcula ils ont une tenue déplorable et leur lion est couché...

En fait, la façade de ces églises représente toutes sortes d'animaux réels ou fantastiques : le portail de Korcula expose le taureau, l'aigle et le lion des évangélistes mais aussi l'éléphant, le dragon, la sirène, comme à Saint-Laurent de Trogir pourvu d'un centaure...

Thomas a donc à l'esprit une fantastique ménagerie en abordant les premières marches de son escalier. Cela vole, cela gronde, cela grouille... et se mélange avec l'histoire des pays visités qui, souvent, ont un symbole animalier : aigle du Monténégro ou chèvre de l'Albanie (au quinzième siècle, pendant la nuit, le légendaire Skanderbeg aurait effrayé l'envahisseur ottoman en fixant des bougies sur les cornes d'un immense troupeau...), sphinx à pattes humaines, protecteur de Split, ou bouc de Trogir (aperçu sur le rivage par les fondateurs grecs, trois siècles avant notre ère...)

Alors qu'inventoriant ce bestiaire il commence à monter entre les maisons farouchement encastrées dans le roc, l'adolescent voit soudain, sur un seuil, un chaton gris, éperdu au milieu du formidable amoncellement de pierre. Il est si petit que Thomas n'en croit pas ses yeux. Fait-il partie des fauves de la mythologie du voyage ? L'apparition vive de cette miniature, surgissant au milieu des souvenirs pétrifiés des lions augustes, réjouit le jeune touriste qui se sent, lui aussi, bien minuscule sur ce littoral découvert de la

Slovénie à l'Albanie, entre la sombre montagne et la mer parsemée d'îles et de baies, bien ignorant devant tant de constructions et de caractéristiques culturelles étonnantes, bien inhibé sur ce bateau de croisière cosmopolite qui s'appelle Arion, du nom d'un cheval divin à la crinière verte ou d'un poète grec et musicien sauvé de la noyade par des dauphins...

C'est un peu l'Arche de Noé, ce bateau ; L'agence parle de lui comme d'une "unité" de croisière, mais en fait c'est un vrai caravansérail ! Qu'on en juge : le commandant est portugais, avec des adjoints ukrainiens ; la plupart des matelots sont serbo-croates mais le cuistot et les serveurs sont philippins, l'animateur de bord est français, le chanteur italien... Toute la création est représentée à bord si l'on regarde aussi les passagers. Au repas de midi, la table avait, d'un côté, quatre Belges alternant le flamand et le français dans une joyeuse parlote métisse et, de l'autre, six Anglais indifférents devisant dans leur sociolecte. Les commensaux de Thomas et d'Emilien eurent des échanges tendus sur la colonisation puis (après le plat du jour) ils évoquèrent leurs nombreux voyages ; une jeune femme attendit que la salade de fruits soit servie pour avouer à son voisin qu'elle croyait en la réincarnation. Thomas dressa l'oreille, en échangeant un regard malicieux avec son grand-père. Tout dépend du vécu de l'individu, expliquait-elle ; celui qui renaît avec un handicap expie une faute commise dans sa vie antérieure. En somme, souffla Emilien, c'est une invite à bien faire : Ne fais pas de sottises, mon enfant, et tu auras une autre et meilleure existence !

Le vieil homme est encore jeune d''esprit, heureusement. Il joue avec les mots ("Quelle "animosité !", dit-il, en voyant l'animation des coursives) ou bien il moque la dégaine de certains passagers (par exemple, en comparant à une otarie cette grosse dame qui saute dans la piscine...) De son côté, Thomas affuble de sobriquets certains des jeunes gens qui ne lui inspirent pas de sympathie : voici le "gommeux", hautain fils à papa (médecin) et blond sigisbée d'une demoiselle au sourire apprêté, le "gougnafier" qui (pour plaire à sa copine chinoise) l'a publiquement apostrophé dans une file d'attente ou le "ch'ti" assommant ramenteur d'exploits de vacances...

En suivant le fil de l'escalier de ce dédale rocailleux, Thomas s'est élevé au-dessus des toits rouges. Au delà, il commence à apercevoir le fjord et les contreforts de l'autre versant du Lovcen. Les marches sont inégales, disjointes souvent ou envahies par des pousses rudérales ; il faut faire attention car la bordure du muret, elle aussi, date de 1918 et ne cache pas l'abrupt de la paroi ; mieux vaut regarder là-haut, sur le ciel, la formidable silhouette du rempart qui lui rappelle le collier des fortifications de Dubrovnik illuminée... Pendant l'ascension, le crible de sa mémoire retient le meilleur : les belles promenades ombragées, par exemple, l'esplanade de Zadar qui débouche sur la mer Adriatique, les quais de Sibenik bordés de palmiers ou la Riva de Split avec ses terrasses et son accordéoniste entouré de pigeons comme Orphée, le divin aède...et toutes ces monumentales portes de ville forgées par l'Histoire : porte de la Terre ferme (ouverte sur le centre médiéval de Korcula), portes d'or, d'argent, de bronze (comme à Split) ou de fer lorsqu'elle ouvre sur le marché aux poissons proche du marché du soufre qui chasse les mouches...

Thomas monte, l'esprit encombré par les souvenirs du voyage : cathédrales et palais entre mer et montagnes, plexus des rues touristiques, kyrielle d'ilots bruns et rouges, problèmes socioculturels des populations...

Il monte, alourdi d'images mais, peu à peu, pas à pas, ces impédimenta perdent du poids. Tout cela prend l'air. Ne subsistent que les détails, les légendes évaporées. Des anecdotes et des impressions qu'il avait cru fugitives reviennent voleter autour de lui...

A mi-chemin, les restes d'une chapelle – édifiée en 1572 par les survivants de la peste – lui rappellent la géhenne d'autres temps (à côté de l'église Saint-Donat, on peut voir une colonne-pilori, avec sa chaine rouillée...) ou les misères actuelles de ces pauvres vendeurs-mendiants aperçus au bord de la route de Ploce à Mostar...

"Misère à corde !" dirait Emilien, en cachant ses sentiments derrière sa moustache.

La chapelle est connue sous le nom de "Notre-Dame-du-Salut". Ses murs sont ouverts et les pierres se délitent. Pensez, depuis ces siècles ! Monter des centaines de marches pour venir l'entretenir serait un calvaire... Pourtant, la Vierge laisse sereinement s'acheminer les touristes sur le massif du Lovcen comme (nous dit le poète) elle les laissait monter à la chapelle de Santa Cruz, pendant la douloureuse guerre d'Algérie :

La Vierge de Santa Cruz n'en a cure !
Elle reçoit l'hommage des palmiers
Fleurissant en vertes éclaboussures
Depuis les jardins en liesse à ses pieds...

Ce ne sont pas des jardins que Thomas admire depuis son promontoire mais, verrouillées par d'énormes mâchoires montagneuses, une partie des golfes intérieurs qu'on appelle "les bouches de Kotor" à la surface gris-bleu : Ont-elles humé quelque chose du ciel ?

Ah, s'envoler !

L'adolescent regarde autour de lui ce raidillon pétré grimpant dans un magma de fin du monde lorsque soudain, à l'un des angles de la muraille, des bruits de pas et de voix précèdent de peu deux jeunes gens qui redescendent à la va-vite, agiles comme des chèvres albanaises. L'un d'eux est torse nu :

« Hello ! lance-t-il, tutto va bene ?

— Ça va ! répond Thomas, vous êtes italiens ?

— Si, si ! et lui, (il désigne son copain), américain de Floride...

— Ah ! Tallahassee ! Miami !

— Yes ! You know ? » s'émerveille le yankee, sans arrêter sa course.

Notre héros se retrouve seul, tout content de la diversion. Il n'a jamais mis les pieds en Floride mais, connaître la capitale, c'est toujours ça. Et puis, voilà un échange tonique qui ragaillardit. Dans des conditions normales, lui aussi a le pied léger, n'est-ce pas...

Il reprend courageusement son ascension.

Il pense à l'orteil de Grégoire de Nin qui voulait, dans la liturgie du dixième siècle, remplacer le latin par le slavon-croate. Sa gigantesque statue de bronze dressée à Split, au nord du palais de Dioclétien, laisse l'orteil de son pied gauche fétichisé à portée de main des touristes et, en le touchant, Thomas n'a pas laissé passer sa chance, comme le recommande le dieu grec Kairos, ce symbole de l'occasion opportune qu'il faut savoir saisir en arrêtant le temps, un instant...

Thomas monte fiévreusement. Il se dit qu'il a le pied grec, doté d'un second orteil aussi fort que le premier, et cela lui donne des ailes. Au fur et à mesure de sa progression graduée vers l'éminence, il se rappelle, par exemple, ce plongeur, sur le vieux pont de Mostar – une sorte d'éphèbe, lui aussi torse nu, s'élançant pour quelques pièces dans les eaux froides de la Neretva – ou ce gamin, sur les marches du Musée de Tirana, essayant obstinément de vendre son unique stylo aux visiteurs. Autour de lui, la Grand-Place est en chantier et s'écarquille entre des constructions colorées anarchiques ; le Maire, dit-on, « refait la ville comme il s'habille : en pyjama ! » Au premier plan, un petit train pour enfants tournicote mais c'est le manège du mendiant qui grince le plus.

Ah, des contrastes, le voyage en aura révélé !

Thomas les remémore. Les images sont tantôt sombres, tantôt brillantes. Pareilles à cette rampe casse-cou qui zigzague, tour à tour, rasant l'ombre de la paroi ou bien offrant un panorama vertigineux. Entre souvenirs évanescents et pavés branlants ou délardés de l'escalier, il faut faire attention ! Pas question de monter tête en l'air comme on accède à la cathédrale Saint-Marc de Korcula, par une ruelle dépourvue volontairement de marches "pour ne pas troubler le recueillement"...

Pour emmener les croisiéristes à Njegusi goûter le jambon fumé et l'eau de vie nommée « rakija », le chauffeur était vigilant et sobre, dieu merci. Le Monténégro est une « montagne noire », n'est-ce pas, et les étroites routes dévident leurs lacets, dans le brouillard, entre des sapins qui ressemblent à des fantômes.

« Brr ! C'est abomiffreux », bouffonnait Emilien, en essayant de dérider ses voisins avec l'histoire du curé privé de paradis (l'assistance dormait pendant ses messes !) et du conducteur d'autocar monténégrin admis, lui, parmi les élus (car les fidèles passagers priaient pendant son service...)

Thomas continue de monter.

En se concentrant sur l'effort physique. En laissant libres en la boutique de son esprit toute espèce de réminiscences échappées, du proche comme du lointain, à l'accumulation des sites ou des personnages rencontrés au cours du voyage. Ribambelle d'îles, de baies, dentelle des côtes avec le liseré incompréhensible des frontières (comme la « cravate » croate, par exemple, qui s'allonge sur la côte), temples perchés sur des crêtes pour être vus de plus loin que les autres ou, au contraire, fermés dans leurs murs comme, à Cetinje, le monastère de Saint-Pierre tiraillé, paraît-il, entre orthodoxes serbes et monténégrins. Chaque groupe humain fabrique sa culture religieuse exclusive qui fige l'idée d'un dieu inconcevable, en lui procurant une représentation du monde rassurante, avec des institutions, des symboles qu'il cherche à imposer. Par exemple, en plantant une croix blanche sur les hauteurs de Mostar l'ottomane...

Mais les cultures aussi sont mortelles, soliloque crânement l'adolescent en gravissant les quartiers de l'escalier tour à tour droits ou gironnés. Est-ce l'ivresse de l'altitude ou de l'isolement ? Le voilà qui se creuse l'esprit, qui ébousine comme le goujat d'un tailleur de pierre. Il pense à ce qui subsiste du système de valeurs de Dioclétien : le sarcophage de l'empereur lui-même a disparu et, à Split, devant le temple de Jupiter transformé en baptistère, un sphinx décapité monte la garde avec deux soldats romains costumés pour les touristes... En Albanie, à Krujë, la maison séculaire de ce riche pacha avec ses trois berceaux (orthodoxe, musulman et bektachi) a moins d'attrait pour les visiteurs que le café-bar où Georges Bush s'est assis, si si ! (on peut voir la chaise...) Et quelle chanson restera-t-il de la geste de Zog 1er, l'aigle des Balkans, ce roitelet autoproclamé, déniché dix ans plus tard ?

De cette croisière, quelles images surnageront, se demande Thomas en continuant son escalade. A la longue, me souviendrai-je des dominicains en tunique blanche qui déambulaient sur le Stradum de Dubrovnik ? De Tirana, lequel oublierai-je bientôt du petit vendeur de stylo ou bien du vieillard en train de psalmodier dans la mosquée Ethem Bey ? Retiendrai-je que les ruelles étroites de Korcula étaient disposées en arêtes de poisson ? Devant la maison du célèbre Marco Polo, Thomas et son grand-père s'étaient attardés. Comme la tour était petite comparée à la légende ! Ce Vénitien du treizième siècle est-il vraiment parti chez les Mongols, à l'âge de dix-sept ans ?

Oui, ma mie, avait répondu affectueusement Emilien. Et dans un « Livre des Merveilles », qui sait, peut-être raconteras-tu aussi tes souvenirs !...

En attendant, notre voyageur a grand chaud.

Arrivé là, il se sent vanné, bluté par la fatigue. Mais en se rapprochant du sommet, il s'allège, il respire mieux. Peut-être pourra-t-il oublier toutes ces alluvions déposées par le cours torrentueux du voyage ? Il passe sous un encorbellement. Il lui faut mettre le pied sur des fragments de pierre obliques comme des chanfreins, avant de retrouver des surfaces planes. Au-dessus de la paroi en saillie, on entend des voix. En bas, les bouches de Kotor sont ouvertes sur le ciel. On dirait que la rampe d'accès qu'il a empruntée et qui dévale maintenant vers la mer émet des sonorités secrètes imitant les orgues marines du "Salut au soleil" de Zadar ? Soleil qui illumine la vie, réduit l'embâcle des souvenirs récents et éclaire la vie souterraine comme les torches des putti. Lorsqu'il arrive dans sa maison d'enfance, Thomas passe pareillement sous un auvent, avant de franchir les derniers degrés de l'escalier pour entrer dans la lumière du foyer. On l'accueille comme s'il revenait de Chine. On l'interroge, on s'inquiète pour lui, on lui dit que sa route sera celle de la soie...

En débouchant sur la plate-forme supérieure, notre voyageur découvre, d'un coup, quatre personnes exubérantes devant les vestiges des enceintes du bastion. Ce sont deux jeunes Kotorois qui se chicanent pour indiquer à un couple de touristes l'envergure de leur exploit : 300 mètres d'élévation au-dessus du niveau de la mer ! Un escalier de 1300 marches, ou 1400, ou peut-être davantage ! Ils se tournent vers Thomas, avec des exclamations. On se parle. C'est un couple d'Afrikanders. On se photographie avec le drapeau monténégrin et le mont Orjen, en arrière-plan.

Thomas a une casquette blanche.

Il regrette l'absence d'Emilien.

J'accompagne mon Tom cette fois encore, a dit le grand-père au début de la croisière, en ajoutant pour rire : Je suis trop jeune maintenant, j'ai quatre fois vingt ans !

CREDO

Est-ce un soir pour prier
La nuit est-elle blanche ardoise de papier

Mais comment respecter les écritures saintes
la Bible le Coran et le Tripitaka
le Veda de Brahma qui déchiffre les astres
et l'Avesta de Zoroastre
Mon Dieu comment choisir qui convienne à mon cas
de telle parabole et de telle contrainte

Pourtant j'attends la rive autant qu'une vigie
Ah que s'ouvre le port des vérités profondes
Moi qui cherche l'orient moi qui manque de monde
je voudrais deviner le courant de la vie

Est-ce rêve ou raison
que de croire éternel l'enfant de la cité
Du jardin de l'école on rentre à la maison
vers la Terre promise et le seul horizon

La douceur de l'amour des premières saisons
et l'écho jamais tu des anciennes paroles
veillent au fond de nous protègent et consolent
C'est pour vous le credo que je veux réciter

TABLE

Écritures

Collection fondée par Maguy Albet
Directeur : Daniel Cohen

Dernières parutions

L'HARMATTAN, ITALIA
Via Degli Artisti 15; 10124 Torino

L'HARMATTAN HONGRIE
Könyvesbolt ; Kossuth L. u. 14-16
1053 Budapest

L'HARMATTAN BURKINA FASO
Rue 15.167 Route du Pô Patte d'oie
12 BP 226 Ouagadougou 12
(00226) 76 59 79 86

ESPACE L'HARMATTAN KINSHASA
Faculté des Sciences sociales,
politiques et administratives
BP243, KIN XI
Université de Kinshasa

L'HARMATTAN CONGO
67, av. E. P. Lumumba
Bât. – Congo Pharmacie (Bib. Nat.)
BP2874 Brazzaville
harmattan.congo@yahoo.fr

L'HARMATTAN GUINÉE
Almamya Rue KA 028, en face du restaurant Le Cèdre
OKB agency BP 3470 Conakry
(00224) 60 20 85 08
harmattanguinee@yahoo.fr

L'HARMATTAN CÔTE D'IVOIRE
M. Etien N'dah Ahmon
Résidence Karl / cité des arts
Abidjan-Cocody 03 BP 1588 Abidjan 03
(00225) 05 77 87 31

L'HARMATTAN MAURITANIE
Espace El Kettab du livre francophone
N° 472 avenue du Palais des Congrès
BP 316 Nouakchott
(00222) 63 25 980

L'HARMATTAN CAMEROUN
BP 11486
Face à la SNI, immeuble Don Bosco
Yaoundé
(00237) 99 76 61 66
harmattancam@yahoo.fr

L'HARMATTAN SÉNÉGAL
« Villa Rose », rue de Diourbel X G, Point E
BP 45034 Dakar FANN
(00221) 33 825 98 58 / 77 242 25 08
senharmattan@gmail.com

Achevé d'imprimer par Corlet Numérique - 14110 Condé-sur-Noireau
N° d'Imprimeur : 81687 - Dépôt légal : septembre 2011 - *Imprimé en France*